私の彼氏は吸血鬼

赤川次郎

集英社文庫

イラストレーション／ホラグチカヨ
目次デザイン／川谷デザイン

私の彼氏は吸血鬼

CONTENTS

私の彼氏は吸血鬼

マドモアゼルと吸血鬼

夜明けの音

その音は、夜明けの林を貫《つらぬ》いて聞こえてきた。

「何だ？」

君原竜男《きみはらたつお》は足を止めて、いぶかしげに耳を澄ました。

しかし、君原が気づくより大分前から、その音は聞こえていたのかもしれない。

何しろ君原は町で夜中まで飲んで、したたか酔っ払っていたのだから。

――君原が、これほど酔うのは珍しいことだった。

何しろ、君原の住む山間《やまあい》の小さな町には、夜遅くまで開いている飲み屋など一軒もない。

酒屋はあるが、買ってきた酒を家で飲んだところで、大して面白くない。

気心の知れた仲間同士、飲んで騒いでこそ楽しく、酔うこともできるのだ。

ゆうべ、君原は仕事仲間の会合で、山一つ越えた隣の町へと出かけた。会議に出席するため、というのは表向き、本当の目的は会合の後、繁華街へくり出して思い切り飲むことだったのである。

隣町は、この地方ではちょっとした「都会」で、二十四時間営業のコンビニもあるし、盛り場は夜遅くまで光が溢《あふ》れている。

かくて——君原は夜中、店が閉まるまで飲み続け、満足して帰途についたのだ。

何しろ夜中に山を越えるのだ。車は使えないので、歩き。

結局、自分の住む小さな町へ近づくにつれ、酔いもいい加減さめてきていた。

もう辺りは明るくなってきて、道は深い木立の中。——鳥の鳴く声や、気配がまるでない。

どうしたんだろう?

首をかしげたとき、その音が森の木立の奥から聞こえてきた。

初めは雨でも降ってきたのか、と思った。

深い森の中では、少しぐらいの雨は頭上にかかる枝に遮《さえぎ》られて、一向に降りかかってこないことがある。

しかし、そんな音でもなかった。雨なら、少なくとも頭の上で音がする。聞こえてくる水音は、地を這うように広がっていた。

ふしぎに思って足を止めると、木々の間から、ザーッと音をたてて水が流れ出してきた。

君原は面食らった。こんな所に、どうして水が出るんだ？

水はひたひたと君原の足下《あしもと》にまで広がってきて、道を覆《おお》った。

「何だよ、おい！」

水が靴の中に入って、君原は思わず声を上げた。

「畜生！」

わけの分からないまま、君原は先を急ぐことにした。

道は、君原の住む町へと下り坂だ。

道へと溢れ出た水は、坂道を町へと流れ落ちていく。

すっかり酔いのさめてしまった君原は、仕方なくバシャバシャと水をはね上げながら、道を下っていった。

そして、もうすぐ視界が開けて、町が見えてくる辺りにさしかかったときだった。

背後で、全く別の音がしたのだ。

ザーッという水音ではない。ドドド、と足下を揺るがすような響きだった。

振り向いて、君原は目をみはった。

水の壁が――高さ二メートル近くにもなろうか――道を一気に押し出してくる。

どうやって逃げたものか、とっさのことで憶《おぼ》えていなかった。

気がつくと、太い松の木の幹に取りついて、セミのようにしがみついていた。松の木そのものが道より一メートルほど高い土手に根を張っているので、君原はその濁流に押し流されずにすんだ。

君原は、松の木にしがみついたまま、息をのんで、たった今まで道だった所が激流と化して、谷間《たにあい》の町へ向かって猛然と襲いかかるのを眺めていた。

「――えらいことだ」

と、君原は言っていた。

「大変なことだ」

町の真ん中に真っ直ぐ通る広い道が、たちまち水で溢れる。当然、その両側に立ち並ぶ家々には一気に水が入った。

騒ぎが起こるのが聞こえてくる。玄関の戸が開き、窓が開く。

「助けて！」

という叫び声がした。

他にも、言葉の聞き取れない悲鳴があちこちで上がる。

明るくなってはいるが、まだ朝早く、みんな寝ていただろう。――町中が大混乱になっている。

車が水に押し流されて、家の軒下へ突っ込む。

「もうやめてくれ」

と、君原は言った。

「やめてくれ！」

水の勢いは弱まらない。更に勢いを増すかのようで、君原のしがみついている松の木も揺れ始めた。

「頼む。――頑張ってくれ！」

君原の祈りが通じたのか、水の勢いが急に弱まった。道から水が引いていく。

しかし、町へ流れ込んだ水は、そう簡単に逃げていかない。

君原は、泥でぬかるんだ道を町へと下りていった。

町は水没しつつあった。――平屋の造りの家は、屋根の軒先まで水が来ている。

二階屋では、家族が二階の窓から外を覗《のぞ》いていた。

君原は太腿《ふともも》まで水が来て、足を止めた。

このまま進めば溺れてしまう。

そのときになって、君原は初めて「我が家」のことに思い至った。

「寿子《としこ》！　和美《かずみ》！」

君原竜男は今三十一歳。二十八の妻、寿子と、二つになる和美がいる。そして、家には母、敏子《さとこ》も寝ている。

「畜生！」

泳いで行くしかない。――君原の家は、この通りの反対の端に近い。

泳いで行けるだろうか？　しかし、ためらっている余裕はなかった。

君原は水の深みへと進んでいった。たちまち水は腰から胸の高さになる。思うように進めなかった。

そのとき、

「君原さん！」

と呼ぶ声に、振り向くと、町の唯一の病院——町立診療所の窓が開いて、Tシャツ姿の女性が手を振っていた。

「先生！　大丈夫ですか！」

と、君原は精一杯の声を出した。

「お宅は？」

と、その女医が訊《き》く。

「分かりません！　これから帰ろうとして……」

「行ける？」

「何とか行かないと。——まだ娘は小さいし」

「お母様が二階に寝てらっしゃるでしょ？」

そう言われて、君原もやっとそのことに気づいた。

「そうだ！　じゃ、行きます！」

「待って！　あなたも溺れてしまうわ！」

と、女医は叫んで、

「待ってて！　そこにいて！」

と叫ぶと、窓の奥へ姿を消した。

——女医、須川沙代《すがわさよ》。

この町の人間ではない。診療所はあってもこの山間の田舎町《いなかまち》に、来てくれる医者はいなかった。

それまで三年近く、この町には医者がいなかったのだ。

そして、ある日、

「女の医者《せんせい》が来るそうだ」

と、町中の人が噂《うわさ》した。

どんな年寄りか、あるいは大学出たての若い医学生か。——正直、君原だけでなく、町の人々はみんなそう思っていた。

ところが、やってきたのは三十代の半ば、物腰の上品な、美しい女医だった。

須川沙代といった。

ちょうど一年ほど前のことだ……。

君原は、須川沙代が、窓から何やら巨大な洗面器のようなものを押し出そうとするのを見て、びっくりした。

「先生！」

「バスタブなの！　軽いし、浮かぶわ！　ボート代わりになる！」

「分かりました！」

君原は水の中を、その窓の方へと進んでいった。

プラスチックの浴槽が押し出されて、落ちてきた。

「――本当だ！　ボートになる」

「私も行くわ」

「先生、危ないですよ！」

止める間もなく、須川沙代は飛び下りてきた。泥水を頭までかぶって、咳《せ》き込みながら、

「これ、お風呂の蓋《ふた》。オールの代わりになるわ」

と、細長い板を二枚、しっかり握っている。

バスタブがひっくり返らないように用心しながら、君原は乗り込んだ。

二人が乗ると、かなり窮屈で、ぐっと水に沈んだが、却《かえ》って安定は良くなった。

「じゃ、こぐのよ！　急いで！」

と、沙代は言った。

泥水をかぶって、板をオール代わりに、必死でこいでいく須川沙代。

——そんなときなのに、君原は、その女医の姿の美しさに、一瞬心を奪われた。

ああ、「マドモアゼル」だ！　この人は「マドモアゼル」だ！

再会

「マドモアゼル？」

と、神代《かみしろ》エリカは訊《き》いた。

「ええ。おかしいでしょ」

マイクロバスを運転している君原《きみはら》が、少し照れたように、

「フランス人でもないし、私もフランス語ができるわけでもないのにね」

「その女医さんのことを、『マドモアゼル』と呼んでたんですね？」

「そうなんです」

君原は肯《うなず》いて、

「誰が言い出したのか分かりません。でも、いつの間にか、町の人たちは彼女のことを、『先生』でなく、『マドモアゼル』と呼んでいたんですよ」

マイクロバスは、紅葉の美しい山道を走っていた。

やがて日が暮れるころ。——フォン・クロロックの一家、クロロック、妻の涼子《りょうこ》、子供の虎ノ介《とらのすけ》に加えて、エリカとN大の友人、橋口《はしぐち》みどり、大月千代子《おおつきちよこ》の、総勢六人は、小さな山間《やまあい》の温泉町へと向かっていた。

車一台では乗り切れない、というので、マイクロバスを頼んだ。その運転手が君原竜男《たつお》だったのである。

温泉町まで、六、七時間も乗る。

途中、昼食に寄ったレストランで、一緒に食事をした君原が、

「私の住んでいたのも、ちょうど今から行くような山間の町で……」

と、話を始めた。

その話は、その後、車を走らせながら、続いたのである。

「マドモアゼル、ね」

橋口みどりが言った。

「三十代半ばで、マドモアゼル?」

「独り者ならおかしくないわよ。それに、『マダム』じゃ、違うイメージでしょ」

と、大月千代子が言う。

「まあ、誰も、理由なんかよく分からなかったんですがね」

と、君原はハンドルを操りながら言った。

「でも、何となく、マドモアゼルって呼ぶのがぴったりきたんです」

「分かるわ」

と、エリカは肯いて、

「それで、その水害のとき、どうなったんですか？」

「私と彼女は必死でこいで、やっと家に辿《たど》り着きました。二階の窓から、娘の泣く声が聞こえています。私は、バスタブのボートから二階の張り出しに飛びつき、家の中へ入りました」

そこで、君原の話は少し途切れた。

「カーブが続く所だったんで……」

と、君原は言った。

「娘の和美《かずみ》が一人で泣いていました。妻も母も姿がありません。そこへ、窓から須《す》川《がわ》さんが飛び込んできました」

君原は、深くため息をついて、

「——妻の寿子《としこ》は、娘がとりあえず大丈夫と見ると、一階で寝ていた母を助け出そうとしたのです」

「水の中へ入っていったんですか？」

「ええ。——私は、どうすることもできませんでした。娘を抱いて、呆然と、階段の下り口ぎりぎりまで水が上がってきているのを眺めていました」

「それじゃ……」

「しかし、須川さんは、私に子供を見ているように言うと、その水の中へ潜っていったんです」

君原は首を振って、

「どうして私が自分で行かなかったのか……。娘を一人で置いていけない、と思ったのは事実ですが」

「それは仕方なかったんじゃありません？」

「しかし、須川さん——マドモアゼルは、泥で濁ったその水の中へ潜っていって、妻を見つけ、引っ張り上げてきたんです！　そして、『まだ脈がある！』と言って、水を吐かせ……」

「まあ」

「家内は水を吐き、むせながら、意識を取り戻したんです。しかし母は……」

君原は、ちょっと辛《つら》そうに、

「結局、母が遺体で見つかったのは、三日後のことでしたが——もちろん覚悟はできていました」

「奥さんだけでも助かって良かったですね」

「全く……。須川さんがいなかったら、間違いなく家内も死んでいました。いや、それよりも、須川さんの超人的な働きこそ、凄《すご》いものでした。家内が大丈夫と見ると、また窓から出て、あのバスタブのボートをこぎ回り、ショックで発作を起こした年寄りや、水に押し流された家具でけがをした者の手当てをしていったんです。その必死の姿は『鬼みたいだった』と町の人が言ったほどです」

フォン・クロロックは、それまでじっと目を閉じて黙っていたので、眠っているかのようだったが、そこで初めて目を開け、

「その洪水の原因は分かったのか」

と訊いた。

「ええ。山の中ほどに、地下水をためておく大きな池があって、その周囲の石垣が崩されていたんです」

「それは、誰かが？」

「人手で崩したんです。ひどいことをするもんですよ。——その時期、近くでキャンプしていた大学生や高校生のいたずらじゃないかということになったんですが、いちいち身許《みもと》も調べられません」

「ひどい話ですね」

エリカは憤然として言った。

「結局、町全体で十人を超える死者が出ました。——しかし、マドモアゼルが必死で助けて回らなかったら、犠牲者はもっとふえていました。たぶん——倍にはなっていたでしょう」

——マイクロバスは、ゆるやかな下りの道にさしかかっていた。

山道で、片側は岩の斜面がせり上がり、反対側は崖が鋭く落ち込んでいる。

「——運転手さん、今でもその町に住んでるんですか？」

と、みどりが訊いた。

「いや、結局出てしまったんです」

「どうして？」

「まあ、母を亡くした、ということもありますが、その洪水で、町はかなりひどくやられましてね。家も傷《いた》んで、住めない状態だったし……」

少し間を置いて、君原は続けた。

「それに、もう一つ。――マドモアゼルがいなくなったということもありましたね」

「いなくなったって？」

と、エリカが訊く。

「充分過ぎるほど、あのひどい状況の中で働いたと思うんですが、須川さん自身は、救えなかった命が多すぎた、と、ひどく落ち込んでましてね。町の人に申しわけないと言って……」

そのとき、クロロックが突然、

「車を停めろ！」

と、鋭い口調で言った。

「え？」

反射的に、君原はブレーキを踏んでいた。

「――どうかなさいましたか？」

と、君原が振り向く。

エリカも、初めてその音に気づいた。

遥《はる》か頭上から聞こえてくる、岩がぶきみにきしむ音。そして、マイクロバスの屋根に、パラパラと細かい石が当たった。

「車をバックさせろ！」

と、クロロックが命じた。

このとき、君原がいちいち、

「どうしてですか？」

と、訊き返していたら、大変なことになっていただろう。

しかし、君原は言われると即座にギヤを入れかえ、車をバックさせたのだ。

次の瞬間、ほとんどマイクロバスと同じほどの大きさの岩が目の前に落ちてきた。

そして、その震動でマイクロバスは一瞬宙に浮かび上がった。

岩は一旦飛びはねると、そのまま反対側の崖の向こうへと落ちていった。

――しばらく、マイクロバスの中は静まり返って、誰も口をきかなかった。

ただ一人、虎《とら》ちゃんだけが、

「オッキイ、オッキイ」

と、声を上げている。

「いや……危ないところでした」

と、君原が冷や汗を拭《ぬぐ》った。

「よく機敏にバックしてくれた。助かったよ」

と、クロロックが肯く。

「この崖の下は大丈夫なんですか？」

と、エリカは訊いた。

「ええ。直接、深い流れですし、船が通ることもありません」

と、君原は答えた。

「しかし、もちろん町へ着いたら警察へ連絡しておきますよ。落石がまたあるといけない」

「──寿命が縮んだわ」

と、涼子がクロロックに抱きついて、

「私のこと、守ってね！」

「ああ、もちろんだ。お前と虎ちゃんを守らんでどうする」

と、クロロックが若妻にチュッとキスして、自分が照れている。

私は？　──エリカは、父にそう訊いてやりたいのを、何とかこらえた。

そして、ともかく無事にマイクロバスは再び走り出したのである。


クロロック一行の泊まるホテルの前にマイクロバスが着いたときは、もう真っ暗になっていた。

「いらっしゃいませ」

若い女性が和服姿で出迎える。

クロロックたちがバスを降り、荷物が運ばれていく。

「──ごぶさたして」

君原が女将《おかみ》に挨拶《あいさつ》した。

「まあ、君原さん、久しぶりね」

「今、山道でヒヤッとしました。馬鹿でかい岩が落ちてきて」

「まあ」

「危ないところでしたよ、本当に」

君原の話を聞いた女将の顔に、ふと奇妙な表情が浮かぶのを、エリカは見ていた。

「——ご心配なく。ただの食当たりです。食べ過ぎ、というのが正しいかしら」

そう言いながら、玄関へ出てきた女性がいる。

「お恥ずかしいですわ」

ついてきた女性客が、すっかり恐縮している。

「まあ、ご苦労さま」

女将が、その女性の方へ言って、

「そうそう、君原さんは初めてね。最近ここへ来られたお医者様で、須川——」

「マドモアゼル！」

と、君原は言った。

目は見開かれ、呆然とその人を見つめている。

靴をはきかけていた女医は、顔を上げて君原を見た。

「——君原ですよ。あの町にいた」

「ええ、もちろん……。君原さん！　懐かしいわ」

女将が面食らって、

「お知り合い？」

と言った。

そのとき、クロロックが進み出ると、

「マドモアゼル。私はフォン・クロロックと申す者。あなたのことは、こちらの男性からお聞きしました」

と、挨拶して、

「医師としての責任感、行動力。すばらしいものです」

「恐れ入ります。須川沙代《さよ》です。『マドモアゼル』なんて、照れますわ」

確かに。その上品な物腰やスラリとした容姿は、「マドモアゼル」の名にぴったりだわ、とエリカは思った……。

よそ者

まるで申し合わせたように目がさめたのは、夕食が少し塩辛《しおから》くて、喉《のど》が渇《かわ》いたせいだったかもしれない。

「エリカ、起きてたの」

みどりが、大欠伸《おおあくび》しながら言った。

「うん。――何だ。千代子《ちよこ》も？」

エリカは笑って、

「いつもより早く寝たからね。――ね、どうせ目が覚めたんだし、一風呂浴びない？」

「いいわね」

千代子は伸びをして、

「今何時？　――二時か。夜中でも入れるんだっけ？」

「午前四時から六時まで閉まるって」

「じゃ大丈夫だね」

かくて、N大生の仲間三人は、浴衣《ゆかた》姿で大浴場へ向かった。

さすがに午前二時ともなると、起きている客は少ないらしく、途中通ったロビーも人気《ひとけ》がない。

――エリカは、正統な吸血族の父、クロロックと日本人女性の間に生まれているから、やはり「夜に強い」という体質を持っている。

普段は大学生として「昼型」の生活をせざるを得ないが、やはり本来は夜の方が元気である。

「――誰もいない！」

脱衣所へ入ると、みどりが嬉しそうに言った。

「さ、ゆったり入ろう」

と、エリカは言った。

三人、広い大浴場を貸し切り状態で使って、思い切り手足を伸ばす。

「いいなあ、温泉って！」

と、千代子は言った。

声が高い天井にワーンと響く。

「――誰か来た」

エリカの耳が、戸の開く音を聞きつけた。

「こんな時間に物好きね」

千代子が自分のことは棚に上げて言った。

入ってきたのは、白い肌が抜けるように滑らかな女性で――。

「あら、お揃《そろ》いで」

と、ニッコリ笑う。

「あ、女将《おかみ》さんですね」

と、エリカが言った。

「ええ、やっと仕事が一段落して」

このホテルの女将は、安井史江《やすいふみえ》といった。

三十代の半ば、正に「女盛り」の色香《いろか》が、エリカなどにもため息をつかせる。

美人だが独身、と君原《きみはら》から聞いていた。

お湯にそっと浸《つか》ると、

「——大学生って、いいころですね。私も、戻れるものなら戻りたいわ」

と、ため息をつく。

「今ごろまでお仕事ですか」

と、エリカは訊《き》いた。

「ええ。色々たまったことを片づけていると、いつも一時二時です」

「これで、何時に起きられるんですか?」

「明日は朝早くお発《た》ちのお客様はありませんから、七時ごろ起きればいいと思います。早いときは五時、六時……」

「大変ですね」

「好きでやってる仕事ですから」

と、安井史江は微笑んで、

「神代《かみしろ》エリカさん——でしたね。お父様はヨーロッパの方?」

「ええ、トランシルヴァニアの出です」

「トランシルヴァニア？　どこかで聞いたことが……」

「吸血鬼ドラキュラの故郷ということになってます」

「ああ、それで――。お父様のあのマントは、ドラキュラ・ファッションですの？」

「ファッションというと――ちょっと違うんですけど……。でも、似たようなもんです」

説明のしようがなくて、エリカは適当に肯《うなず》いた。

「――明け方にこのお風呂へ入ると、空が少しずつ白んで、とても美しいんです」

と、安井史江は言った。

そのとき、エリカは、湯気でくもったガラス窓の向こうに、人の気配を聞き取った。

「――誰かいます」

「え？」

「外に。――そこ、人が入れるんですか」

「いいえ、ちゃんと垣根で仕切って……。どこに？」

「この辺です」

エリカは、濡れたタオルをつかむと、ガラス窓へと投げた。

くもったガラス窓にバシャッと音をたててタオルが当たると、じっと潜んでいた人影がパッと飛び上がった。

「——まあ、本当だわ」

と、史江が言った。

その人影は、垣根を越えて逃げていった。

「何てことでしょ！」

史江は怒って、お湯から上がると、

「私、追いかけてみます」

と、小走りに出ていった。

「今から追いかけたって、追いつけないよね」

と、千代子が言った。

「でも、女湯を覗《のぞ》かれたら、女将としては放っておけないんでしょ」

「それもそうか」

「私も行ってみる。——二人でゆっくり入ってて」

エリカはお湯を出た。

浴衣を着て、エリカは史江の足音を頼りに廊下を駆けていった。

庭へ出る、小さなドアがあって、史江はそこから出ていったらしい。

エリカも、そこにあった下駄をはいて外へ出た。

「寒い！」

と、思わず身震いしたが、ともかく今さら引き返せない。

史江の下駄の音を追っていくと、大浴場の外へと出る。垣根はあるが、乗り越えられない高さではない。

「――まあ、エリカさん」

史江がエリカを見てびっくりする。

「気になって。――一人で追いかけるのは危険です」

「そうですね。そう言われれば……。気がつきませんでしたわ」

「もう逃げたでしょう。どの道から行ったか分かりますか？」

「ここからは、この細い道しかありません」

「行ってみましょう」

じっとしていると寒い。――少し上りになった木立の中の道を辿《たど》っていくと、

「誰かいます」

エリカは足を止めた。

「誰？　出てきて」

と、声をかけると、木立の間から、

「何だ、こんな時間に？」

と、ジーパン姿の男が出てきた。

「北山《きたやま》さん」

と、史江が言った。

「女将さんか。何してるんだい？」

「あの――女湯を覗いてる人がいたので、追いかけてきたの、誰か逃げてこなかった？」

「さあ……。そう言えば、走っていく足音を聞いたような気もするな。でも姿は見てない」

三十代半ば、たぶん史江と同じくらいの年齢だろう。ちょっと荒っぽい感じの男

だが、声は意外にやさしい。

「あなたは何をしてたんですか?」

と、エリカが訊く。

「お客さんかい?　俺はこの下の土手を見に行ってたのさ」

「こんな夜中に?」

「眠れなくてな。朝から工事を始めるんで、手順を考えてた」

史江が口を挟んで、

「北山さんは土木工事の作業員で、トラクターとかブルドーザーを動かす人なんです。とても優秀で、もうここに一年以上いるんですよ」

史江は、この北山が女湯を覗いていたとは思っていないようだ。——エリカは、北山と話すときの史江の口調が微妙に違っていることに気づいていた。

「ああ、そう言えば明日はここへ来る山道の落石の跡を見てくれと言われている」

と、北山が言った。

「こちらの方たちの車が、危うく岩の下敷きになるところだったのよ」

「そうか。——しかし、これで、もう何件だ?」

北山の言葉に、エリカは、

「何件って、そんなにしばしばあるんですか？」

史江が、ちょっと困ったような表情になった。

「それは……」

「隠したって仕方ないだろ」

と、北山が言った。

「本当に犠牲者が出たとき、どうして黙ってたのかと言われるよ」

「それはそうですけど……。エリカさん、お願いですから、他の人には……。今、ここもお客を呼ぶのに大変なんです。落石のことがニュースにでもなれば……」

「お気持ちは分かりますけど、もし必要だと思ったら、黙っているわけにいきません」

「当然だよ」

と、北山は肯いて、

「僕がここへ来て、半年ぐらいしてからかな。この近くの山道で、ちょくちょく落石が起きるようになった。まあ、今のところけが人なんか出てないので、問題になってないがね」

「何か原因が?」

エリカの問いに、北山はちょっと肩をすくめて、

「公表してないってことは、原因を調べる必要もないってことだからね」

「あの落石は、普通じゃなかったですよ。通報してるはずですけど」

「地元の警察に地質学者がいるわけじゃないしね。形だけのことさ」

エリカは、もしマイクロバスがあの巨大な岩に押し潰《つぶ》されていたら、と考えるとゾッとした。

「明日、調査に同行してもいいですか?」

と、エリカは言った。

証拠

「こりゃ凄《すご》い」

と、北山《きたやま》が目をみはった。

「よく車が無事だったね」

「間一髪でした」

エリカは、崖から遥《はる》か下の流れを見下ろした。

あの岩が、上からでもはっきりと見えている。

「——細かい石は片づけんとね」

と言ったのは、一緒に来た、町の駐在さんである。

五十歳ぐらい？　いかにもここに長く住んでいるという印象の巡査である。佐々《さ さ》木《き》という名だった。

「いや、待って下さい」

と、北山が言った。

「まず、どうしてあの岩がはがれ落ちたのか、上ってみる必要がありますよ」

「上るって——この斜面を?」

佐々木巡査が唖然とする。

「人の命がかかってるんです」

「しかし……私の命が危ない」

と、佐々木が大真面目《おおまじめ》に言った。

北山は笑って、

「佐々木さんは上らなくてもいいですよ。僕はこういう所ばかりで仕事をしているから、慣れてる」

「気をつけてくれよ」

と、佐々木はハンカチを取り出して汗を拭《ふ》いている。

こんなに肌寒いほど涼しい山の中なのに、とエリカはおかしかった。

「——昼間だと、ずいぶん印象が違うものだな」

やってきたのはクロロックである。

「お父さん！　いいの？　涼子《りょうこ》さんを放っといて」

「放っているわけではない。女どもは昼間から温泉に浸《ひた》りっ放しだ。とても付き合いきれん」

吸血鬼が温泉に浸って、頭にタオルなどのせているところは、とても想像がつかない。

エリカは北山に父を紹介した。

「――ほう、ではここの斜面を上まで上るのか」

「ええ。何てことはありません」

と、北山は、斜面の木の根っこや枝につかまって、身軽に上っていく。

「とても見ちゃおれん」

と、佐々木巡査は目をつぶってしまった。

クロロックは、北山が三分の二ほど上るまで待って、

「行くか」

と、エリカの方を見た。

「うん」

クロロックとエリカがパッと飛び上がって、斜面の途中に取りつく。

「――やれやれ」

岩の落ちた所が、大きくくぼんでいる。そこまで上がってきた北山が、さすがに息を弾《はず》ませていると、

「これは不自然だな」

びっくりして、北山が振り向くと、エリカとクロロックが上ってきたところ。

「――自然じゃないってこと？」

「これを見ろ。――岩の割れたあとだ。重みで自然に割れたのなら、こんな傷はつかん」

北山は、クロロックの指さすところを見て、

「なるほど。これは太い鉄の棒のようなものを、割れ目に打ち込んだあとですよ」

「じゃ、誰かがわざと？」

「そういうことになるな」

と、北山は肯《うなず》いて、

「ここだけに打ち込んでも、すぐにあんな大きな岩が落ちるとは思えない。しかし、これで割れ目が広がれば、そこに雨がしみ込み、少しずつ割れ目は大きくなって……」

「私たちのマイクロバスを狙ったわけじゃないんですね」

「狙って落とそうとしたら、ダイナマイトでも使わなくちゃ。それならすぐに分かるよ」

「それは穏やかでないな」

と、クロロックが言った。

「どういうことです？」

「つまり、この細工をした人間は、誰かが下を通りかかったとき、岩が落下するかもしれないと分かっていた。それが誰かはどうでもいいということだ」

「私たちの車を狙ったわけじゃない、ってことね」

「我々の車を狙ったのなら、我々だけが気をつければいいし、我々を恨んでいる者を捜せばいい。しかし、相手が誰でもいいとなると――」

「おっしゃる意味が分かりました」

と、北山は肯いて、

「しかし、一体誰がこんなことを……」

「分からんな。人間は色々なことを考えているものだ。皆、同じような日常の顔の下で、普通でないことを考えている人間もいる」

と、クロロックは言った。

「こうなると、後は警察の仕事ですね」

北山は首を振って、

「あの女将《おかみ》はいやがるだろうが」


「冗談じゃない！」

怒ったように、一人が言った。

「この町に、そんな無差別殺人をやる奴がいると言うのか？」

佐々木巡査は、相変わらずハンカチで汗を拭いて、

「いや、別にそういうつもりで申し上げたのでは……」

と、口ごもった。

「話にならん！　そんな馬鹿げた噂《うわさ》が広まったら、この温泉町は客が寄りつかなくなる。おしまいだ！」

「そうだ！　いい加減な発言はつつしんでほしい」

次々に声が上がる。

――ホテル〈S〉の宴会場には、この温泉町のホテル、旅館の経営者が集められていた。

「待って下さい」

と、北山が言った。

「皆さんのお気持ちはよく分かります。しかし、現に車一台ペシャンコにする岩が落ちて、危うく何人もが死ぬところでした。あの岩の大きさをご覧になれば、ゾッとしますよ」

「しかし、実際は無事だったんだろう？　それならいいじゃないか」

「そういう問題ではありません。その岩に、誰かが楔《くさび》を打ち込んで、落ちるように細工してあったんですよ」

「あんた、その楔を見たのかね？　誰かが打ち込んでいるところをその目で見たのか？　勝手な想像で、我々の旅館を潰《つぶ》す気か！」

北山は口をつぐんだ。

これでは何を言ってもむだだ。

〈S〉の女将、安井史江《やすいふみえ》は、北山のことを心配そうに見ていた。

「落ちついて下さい」

と、口を開いたのは、安井史江に頼まれて出席している女医、須川沙代《すがわさよ》だった。

「北山さんは別にこの町に恨みがあるわけではありません。本当に岩を落とすよう細工した人間がいたのなら、これは犯罪です。犠牲者が出ない内に、犯人を捕まえれば、それが一番いい解決です」

沙代の穏やかで、冷静な発言は、むきになっていた旅館の主人たちを黙らせた。

北山が須川沙代の方へ、感謝の視線を向け、沙代も北山を見た。

二人の視線が合い、同時に口もとにかすかな笑みが浮かぶ。

——この席に、エリカとクロロックも同席していた。

ただし、部外者だから、隅の椅子に腰をおろしている。

そこで人々のやりとりを見ていると、むしろ色々なドラマが見えてきて、面白い。

「あの女将さん、北山って人が好きなんだね」

と、エリカが言った。

「うむ。北山とあの女医が目を合わせたのを見て、女将の顔がこわばったな」

——二人とも、人間と比べ、格段に鋭い聴力を持っている。誰にも聞き取れない小さな声で会話ができるのだ。

「しかし……」

と、佐々木巡査がおずおずと口を開いた。

「捜査するためには、県警に届けて、ことを公《おおやけ》にしなければなりません」

「それは困る！」

と、即座に声が飛んだ。

「佐々木さん、あなたが調べることはできないんですの？」

と、史江が訊《き》いた。

「私は——鑑識の知識もありませんし」

重苦しい沈黙が続く。

「——もう、旅館へ戻らんと」

と、一人が腕時計を見る。

「そうですな。まあこの件は改めて……」

「それまで、ここでの話は一切外でしゃべらないこと、と約束しましょう」

「賛成！」

と、一斉に声が上がった。

次々に人が減り、結局、残ったのは安井史江と北山、須川沙代、佐々木の四人。

そして、エリカたちも、もちろん。

「——改めて、と言っても、次はいつこの会合を開くのかも決めませんでしたね」

と、北山はため息をつき、

「ともかく、口をつぐんでいろ、ということだけでしたね」

「北山さん、みんなの気持ちも分かって」

と、史江が言った。

「このところ、お客が減って、どこも大変なの。ここでそんな殺人犯の話が出たら……」

「分かってます。しかし、目をつぶっていれば解決するわけじゃない」

佐々木が、口の中で、

「あんまり留守にしていると……色々まずいもんで……」

と、ボソボソ呟《つぶや》きながら立ち上がる。

佐々木が出ていくと、北山は腕組みをして、

「佐々木さんがあてにできないとなると、僕が何かするしかないか」

と言った。

そして、須川沙代の方へ、

「力を貸して下さいますか?」

「ええ、私でお役に立つのでしたら」

沙代が微笑む。

エリカはそのとき、女将の安井史江の顔がはっきり嫉妬で歪《ゆが》むのを見た。

ブレーキ

「ね、お昼はどこで食べるの？」

と、みどりが言った。

「みどりったら、今朝ご飯食べたばっかりじゃないの」

と、千代子《ちよこ》が呆《あき》れる。

「私はね、三日先の夕食まで分かってないと不安なの」

「大げさね」

と、エリカは笑った。

マイクロバスが山道を辿《たど》る。

あの、落石のあった道でなく、町から更に先へ進んでいく道だ。

朝から、クロロック一家と、千代子、みどりは、マイクロバスでホテルから日帰りの小旅行に出た。

朝食を七時にとって、八時に出発。——マイクロバスを運転しているのは、君原《きみはら》である。

帰路まで三日間、クロロックたちと同じホテルに泊まっている。

「いいお天気だ。きっと紅葉がきれいですよ」

と、君原はハンドルを操りながら言った。

「すてきね！」

涼子《りょうこ》はクロロックと並んで座り、ペタッともたれかかって、夫の腕の中、いつになっても新婚気分。

千代子は最近カメラに熱中していて、車窓から見える風景に次々シャッターを切っている。

そしてみどりは昼食の心配をしている……。

エリカは、正直なところ町の様子が気になっていた。

北山《きたやま》と須川沙代《すがわさよ》が協力して、あの落石を起こしたのが誰か、調べているはずである。

しかし、あのホテルの女将《おかみ》、安井史江《やすいふみえ》は二人の仲を快く思っていない。何か起こりそうだ。——エリカは、そんな気がしてならなかった。

「この先、ずっと曲がりくねった下りですから」

と、君原が言った。

「その手前の展望台で一旦停めます」

マイクロバスは見晴らしのいい場所で停まった。

みんな車を降りて、澄んだ冷たい空気を思い切り吸い込んだ。

「——ああ、気持ちいい」

と、みどりは伸びをして、

「お昼がおいしく食べられそうだ」

——エリカは、遠い山並を眺めていた。

「お父さん」

クロロックがそばへやってきた。

「どうかしたの？」

クロロックの表情が、やや緊張している。

「うむ……。ちょっと匂いがな」

「匂《にお》い？」

「気づかんか？」

エリカは鼻を効かせた。しかし、特に感じられない。

「分かんないよ」

「ここは風上だ。風下へ行ってみると分かる」

「何の匂いなの？」

「私も、車のことは詳しくないがな」

クロロックはそう言うと、外へ出てぶらついていた運転手の君原の方へ歩いていき、何か話しかけた。

——エリカは、何か起こってもあわてないように、気持ちを引き締めた。

十五分ほど休んで、再びマイクロバスにみんなが乗り込んで出発。

君原の言葉通り、少し行くと、道は下りになり、しかも急な斜面を下りるので、クネクネと右へ左へとカーブする。

君原はさすがに確かな腕で、的確にハンドルを切っていたが——。

「——少しスピードが上がってない？」

と、千代子が言った。

「もう少しゆっくりの方が安全だと思うけど……」

「こう急カーブじゃ、気分悪くなっちゃうわ」

と、みどりも言った。

しかし、君原の返事はそれどころではなかった。

「ブレーキが効かないんです！」

と、君原は必死でハンドルを切りながら言った。

「下りで、どんどん加速してる。このままじゃ、曲がり切れなくなります！」

車の中はパニックに陥《おちい》った。

「どうするの！　あなた、何とかして！」

と、涼子がクロロックにしがみつく。

「落ちつけ」

クロロックは妻をひしと抱きしめ、

「誰がお前を死なせるものか。誰が死のうと、お前と虎《とら》ちゃんは必ず守る！」

私もいるよ、と、またエリカは言いたくなった。

「飛び下りて下さい！　他に方法がない」

と、君原が叫んだ。

「急いで下さい！　どんどんスピードが上がる！」

クロロックは立ち上がると、

「エリカ、こうしよう。私が先に降りて、車と並んで走る。お前は一人ずつ車の中から私に渡してくれ」

「分かった」

ドアを開け、クロロックはマントを翻《ひるがえ》して飛び下りた。

そしてすぐに車と並んで走り出す。

クロロックもエリカも、本気で走れば凄《すご》いスピードが出せる。車と並行に走るくらい、容易である。

ただし、道がすぐにU字のカーブになっているので、車との間隔を取るのがむずかしい。

「急げ！」

「はい。——じゃ、虎ちゃんから」

「ワァ」

虎ちゃんは何かの遊びと思っているらしく、エリカが抱え上げると、キャッキャ声を上げて喜んでいる。

「今だ！」

「ヤッ！」

かけ声と共に虎ちゃんを放り投げると、クロロックがみごとに受け止める。

「はい、お母さん！」

「怖いわ！」

「大丈夫。信用してよ」

エリカがヒョイと涼子を抱え上げると、涼子は、

「助けて！　死ぬ！」

と、悲鳴を上げた。

エリカが構わず放り出すと、左手に虎ちゃんを抱えたまま、クロロックは巧みに右手で涼子を受け止めた。

「あなた！　愛してるわ！」

「私もだ！」

二人してラブシーンをやっているので、その間クロロックの足は止まってしまう。

「お父さん！　止まらないで！」

と、エリカは車のドアから叫んだ。

「待っておれ」

クロロックは虎ちゃんを妻へ渡し、

「ここで待っていろよ」

と、車を追って猛然と駆け出す。

エリカは千代子、みどりの順で、クロロックへと投げ渡した。

「次はエリカ、お前が飛べ！」

「君原さんは？」

「私は大丈夫です！」

と、君原が叫んだ。

「お客様を降ろさないと、逃げられません！」

「分かりました。じゃ、お先に——」

エリカは車から飛び下りた。

クロロックがしっかり抱き止めてくれる。

「——お父さん、早く君原さんを」

と、エリカもさすがに息を弾《はず》ませた。

そのとき、カーブの向こうへマイクロバスが見えなくなったと思うと、キーッと
鋭い金属音がして——続いて激突する音。

「大変だ！」

エリカは駆けていった。

——マイクロバスは遥《はる》か下の道へと転がり落ち、炎に包まれていた。

「運転手としての使命を果たしたな」

と、クロロックは言った。

「もう少しだったのに……」

エリカは首を振って、

「でも、ブレーキが効かなくなるなんて……。偶然？」

「それは、これから調べなくてはならんだろうな」

と、クロロックは言った。

炎の中に

「まあ、君原《きみはら》さんが？」

女将《おかみ》の安井史江《やすいふみえ》が息をのんだ。

「気の毒なことをした」

と、クロロックが言った。

「車は炎上してしまった。道を半分ふさいでいるので、警察へ連絡せんとな」

「分かりました。私がすぐに」

「頼む。――ああ、それと、みんな腹を空《す》かしている」

「簡単なものでしたら、いつでもご用意します。どうぞ、一旦部屋へ」

「そうさせてもらおう」

――クロロックたちは、通りかかったトラックに乗せてもらって、ホテルへ戻ってきた。

午後の静かな時間帯である。

「疲れたわ」

涼子《りようこ》は虎《とら》ちゃんを抱っこして、

「一眠りしてから、お風呂へ入るわ」

「私は一食べしてから」

と、みどりが言った。

「一食べって日本語、ある？」

「いいの」

みどりとしては、「二食べ」でない分、遠慮しているつもりかもしれない。

――結局、全員、史江の用意してくれたカレーライスを食べ、それから涼子が虎ちゃんを連れて部屋へ戻った。

そして、みどりと千代子《ちよこ》は、

「空いている内にお風呂に入ってくる」

と、食堂から出ていった。

――安井史江が、クロロックとエリカの所へやってきて、

「ご相談があります」

と、空《あ》いた椅子《いす》にかけた。

「何のことかな？」

「実は――北山《きたやま》さんのことで」

「あの土木作業員のことか」

「はい。でも、あの人は、すっかり探偵になったつもりで……」

「あの女医に頼まれたのだろう」

クロロックの言葉に、史江は肯《うなず》いて、

「そうなんです！　あの須川《すがわ》さんは、お医者さんとしては熱心ですけど、やはり医者で、刑事じゃないんですから」

実際は北山の方が須川沙代《さよ》に協力を頼んだのだ。史江もそれを見ているはずなのに、つい沙代の方を悪者にしたくなるのだろう。

「北山さんを止めて下さい。本来の仕事に戻るように」

「しかし、あの男も子供ではない。自分の考えで決めたことだからな」

「でも――」

フロントの男が、史江にコードレスの受話器を持ってきた。

「女将さん、佐々木《ささき》さんから電話です」

「ありがとう。――もしもし」

あの駐在所の巡査だ。

話している内、史江の顔色が変わった。

「何ですって？　北山さんを？　――どうして？　そんな馬鹿げたこと……」

史江は、声を震わせて、

「すぐ行くわ！　そこで待ってて！」

と、立ち上がった。

「何ごとかね」

「佐々木さんが、北山さんを逮捕すると言ってるんです！　何てことでしょ！」

怒りの勢いで、史江は飛び出していく。着物の裾《すそ》がめくれるほどの勢いだった。

「――我々も行くか」

と、クロロックはエリカを促した。

同じ温泉町の中でも、いかにも古びた木造の旅館。

そこのロビーに、北山と佐々木、そしてあの女医も揃《そろ》っていた。

「佐々木さん！　どういうことなの！」

史江が入っていくなり言った。

「いや……。私も色々考えて……」

と、佐々木が口ごもる。

「すっかり引っかかったよ」

と、北山が苦笑して、

「この人が、『楔《くさび》にしたのは、こんなものかね』と、工具を持ってきてね。僕は当然それを手に取って見た。そしたら、『指紋が検出された』から逮捕する、と言うんだから」

「そんな馬鹿な！」

「しかしね、この人が町へやってきてから、確かに落石や火事などがふえた。どれも不審な点がある」

と、佐々木が反論する。

「要するに、僕のようなよそ者に罪をかぶせておけば、丸くおさまるってことさ」

「佐々木さん。それはひどいわ。何も証拠なんかないじゃないの」

と、史江が言った。

「同じ理由なら、もう一人、資格のある人間がいる」

と、クロロックが言った。

「クロロックさん――」

「須川沙代さん。あんたも同じころこの町へ来たのだろう?」

「ええ」

と、沙代は肯いた。

「実は今日も、とんでもないことがあった」

クロロックの話を聞いて、沙代は、

「まあ!　それじゃ君原さんが亡くなったんですか?」

と訊《き》いた。

クロロックは、ちょっと微笑んで、

「そのはずだった」

と言った。

「しかし、ブレーキオイルが洩れていることに、私の鼻が気づいたのだ」

「え？」

「君原と相談して、ブレーキはちゃんと直し、犯人の思い通りになったと見せかけた」

「それじゃ、君原さんは――」

君原当人が、旅館へ入ってきた。

「お疲れさん」

「いえ、おかげさまで命拾いしました」

と、君原は言った。

「何か分かったかね」

「はい。ゆうべ、マイクロバスの近くでウロウロしている人影を見た者がいます」

「そうか」

クロロックは佐々木巡査の手をつかんだ。

「な、何をするんです！」

「油の匂《にお》いは、そう簡単に抜けない。これは素人《しろうと》でも分かる」

「佐々木さんが？　どうして？」

と、史江が声を上げた。

「むろん、この巡査には、君原を殺す理由がない」

と、クロロックは言った。

「君原を殺そうとする理由を持っている人間は誰か？　君原と、思いがけなくこの町で再会してしまった人間だ」

史江は目を見開いて、

「それは——須川さんのこと？」

須川沙代は平然として、

「私がどうして君原さんを殺すの？」

と訊き返した。

「マドモアゼル」

と、君原が言った。

「僕は思い出したんです。あの町でも、あの大洪水の前、落石が方々で起こり、何人かけがをしたことをね」

「それがどうしたというの？」

「妙な話とは思わんか」

と、クロロックが言った。

「前の町で、洪水の中、何人かの人命を救えなかったといって、町を出ていったのに、またなぜ、同じような山間《やまあい》の町にやってきたのか？　普通なら、似た町は避けるのが当然だろう」

北山が愕然《がくぜん》として、

「じゃ、彼女が落石を仕掛けたと？」

「いや、そこまでの力はあるまい」

佐々木が青ざめて立ち上がった。

「私がやったのです」

「佐々木さん……」

史江は絶句した。

「須川先生は関係ない。私一人のやったことだ」

と、佐々木が胸を張った。

そのとき、悲鳴が聞こえた。

「――煙だ」

と、クロロックが言った。

「火事よ！　新館で火が！」

と、仲居があわてて駆けてくる。

クロロックとエリカは旅館の外へ出た。

「――手遅れだ」

と、クロロックは、燃え上がる木造の建物を見て首を振った。

木造の建物は見る間に火に包まれていく。

「こっちに燃えうつるわ」

「間を壊そう」

「間？」

「渡り廊下だ」

クロロックとエリカは、新館と本館をつなぐ、木造の屋根つきの廊下を外側から壊しにかかった。

「ヤッ！」

庭の大きな石をクロロックが投げつけると、渡り廊下の一部が壊れた。

「旅館の人間たちに、ここで火が止まるように木片を片づけさせろ！」

クロロックが史江に怒鳴ると、史江は飛んでいった。

沙代が駆けてくる。

「まあ！　もう向こうは——」

「すっかり火に包まれておる」

「でも、早く着いたお客がいると」

「何と？」

「私、助け出します！」

止める間もない。沙代は、壊れた渡り廊下を走っていった。

「お父さん……」

「承知の上だ」

と、クロロックは言った。

旅館の従業員たちが駆けつけてきた。


「——日記がありました」

と、北山が言った。

「そこで、彼女は告白しています。あの町の洪水も、落石も、すべて自分のやったことだと」

「どうしてそんな……」

史江が啞然とする。

史江のホテルである。——ロビーに、クロロック、エリカと、史江、北山、そして君原の五人が集まっていた。

あの旅館は、何とか本館の焼失をまぬがれることができた。しかし、須川沙代は炎に包まれた新館へ飛び込んでいき、戻らなかった。

「そういう人間がいる」

と、クロロックが肯いて、

「英雄願望の強い人間だ。ただ人を病気から救うのでは物足りない。もっと危険な災害の現場で、命がけの医療活動をしたいのだ」

「有名になりたいんですか」

「違う。現に、彼女は有名にはならずに他の町へ移っている」

「彼女は、あの町の前にも、山沿いの町で土砂崩れを起こしています」

と、北山は言った。

「この町でも、おそらくもっと何か大きな災害を起こそうとしていたのだ。しかし、君原に会って、同じことが前の町でもあったと気づかれては、と怖くなり、君原を殺そうとした……」

「佐々木さんが……」

「いくら須川沙代でも、力仕事に男手が必要だった。彼女はその魅力で、田舎町《いなかまち》の駐在をとりこにし、自分の手足として使った」

「可哀そうな佐々木さん……」

と、史江は呟《つぶや》いた。

「今でも、すべて自分一人でやったと主張しているようです」

と、北山が言った。

「佐々木さんの愛の形なのね」

と、エリカは言った。

「——恐ろしいわ。本当に何か起こっていたら……」

史江が身震いする。

「佐々木の話では、まだ本番はこれからだったらしい。安心しなさい」

と、クロロックは言った。

「何とお礼を申し上げていいか」

「町の人々で、君原に新しいマイクロバスを買ってやってもらえないか。何なら中古でもいい」

「協議します。必ず実現させますわ」

と、史江は言った。

「——英雄か」

と、北山は言った。

「英雄より、ただの『マドモアゼル』の方がずっといいのに……」

「日々、毎日の暮らしを続けていくことも、充分に大切なのだ」

と、クロロックは言って、

「おっと、虎ちゃんを散歩に連れていかねば！」

と、行ってしまった。

「――本当の英雄ですわ」

と、史江が言って、エリカはただ苦笑いするだけだった……。

私の彼氏は吸血鬼

裏切り

散歩には、ちょっと寒い日だった。

「友だちと映画見てくる」

と、母親に言った手前、朝九時には家を出ないわけにいかなかったのだ。

栄江《さかえ》にだって、意地ってものがある。十七歳には十七歳の生き方というものがあるのだ。

「清士《きよし》ったら……」

吹きつける北風に、首をすぼめながら、つい恨みごとの一つも言いたくなる。

——今日は一日、清士と過ごせるはずだった。

二人でいれば、どんなに寒くたって気にならないというのに……。

遊歩道のベンチに腰をおろした栄江はケータイを取り出して、清士のケータイにかけた。もう三回もかけたのだが――。

「おかけになった電話は……」

という無表情な声がするばかり。

清士は電源を切っているらしい。

それも仕方ないか。――お葬式で、ケータイの着メロが流れたらまずいものね。

栄江はメールを送っておくことにした。

ともかく、自分が一人で寂《さび》しく休日を過ごしていることを、清士に知らせたかったのだ。

――岡野《おかの》栄江は十七歳の高校二年生。

今、夢中になっている彼氏は一年上の高校三年生で、沢井《さわい》清士といった。

大学受験を控えている清士は、なかなか休みの日に出かけるわけにいかない。

だから、今日のデートは久々で、栄江が楽しみにしていたのも当たり前だろう。

ところが――。

ゆうべ、清士から電話が入り、

「急に叔父《おじ》さんが亡くなってさ……」

今日がお葬式だという。

そう言われては、栄江も諦《あきら》めないわけにはいかなかった。

「あーあ……」

これから何時間も、何してればいいの？

栄江は、駅前まで出てきて、小さな公園にいた。こんな所にずっといたら風邪《かぜ》をひいてしまう。

といって、一人で映画を見に行っても、面白くない……。

でも、ともかくここじゃ寒いや……。

立ち上がって、駅の方へ歩きかけたとき、ケータイが鳴った。

メールだ！

もちろん、清士からだろう。今日会えなくてごめん――それだけでも、栄江は幸せになれる。

だが、清士からではなかった。

メールの文面を読んで、栄江は立ちすくんだ。

「嘘だ！」

と、栄江は思わず声に出して言っていた。

「こんなこと、嘘だ！」

「ねえねえ、写真とって！」

ピョンピョンと飛びはねるように駆けていくと、充子《みつこ》は大きなイルカの像によりかかった。

清士は笑って、カメラのレンズを充子へ向けた。

「——好きなんだなあ。イルカとかが」

と、清士は言った。

「うん。海のものって、大好きなの。イルカとか鯨《くじら》に限らず、お魚もね」

北川《きたがわ》充子。——十七歳。

岡野栄江と同じ、高校二年生だ。

ただし、高校は違う。

清士は栄江と同じ高校に通っているが、北川充子はもっと難しい、「名門」と呼ばれる私立の女子高校である。

「ね、次は深海の魚よ」

充子は、もう何度もこの水族館に来ているとみえて、先に立ってスタスタと歩いていく。

清士は、充子についていくので精一杯だった。——大変ではあるが、何でも、「清士のいいようにして」

と言う栄江とずっと付き合ってきた身には、充子の言うことすること、すべては新鮮に見えた。

沢井清士が北川充子と知り合ったのは、クラブ活動の「他校交流」で、だった。三年生の清士は、もうクラブから退いていたが、「代表として、三年生が一人」必要と言われ、その私立女子校を訪ねた。

そのとき、応対してくれたのが、二年生の北川充子だったのである。

清士にいつも頼り切っている栄江と違って、充子は自分から清士に電話してきて、

「今度デートしよう！」

と言ったものだ。

ほとんど個人的な話なんかしたこともなかったのに、いきなりそうして誘ってき

た充子。

　面食らった清士だったが、それはそれで新鮮だったのだ。

「――栄江、ごめんな」

　清士は、心の中で詫びていた。

　今日のデートを、栄江がどんなに楽しみにしていたか、よく分かっていた。

　いい加減な理由では、中止するわけにいかない。

　だから――やってはいけないことだと思いつつ、「叔父さんが死んだ」と、嘘をついてしまった。

　むろん、充子はそんなことなど知る由《よし》もない。

「――ね、清士。お腹空《なかす》いた？」

　水族館の中に、ちょっと洒落たレストランがあった。

　お昼には少し早かったが、大分歩き回って、清士は少しくたびれていた。

「じゃ、何か食べようか」

　二人は、明るい光の射し込む席について、清士が食券を買ってきた。

　充子が化粧室に行き、清士は一人になると、ケータイを取り出した。

案の定、チェックしてみると、栄江からメールが入っている。

電源を切っておいた。——まさか、栄江は直接かけてこないだろうが。

ケータイをしまって、清士は欠伸《あくび》をした。少し寝不足だが、充子と一緒にいると心が弾《はず》む。

栄江との仲は——こう言っては可哀そうかもしれないが、少し息苦しいものになりつつあった。そこへ充子が現れたのだ。

——もう来たのかな。

誰かがそばに立ったので、清士は振り返った。

栄江が、青ざめた顔で立っている。

清士は幻でも見ているのかと思った。

しかし、栄江は本当にそこにいて、じっと恨みをこめた目で清士を見ている。

「栄江——」

「ここでお葬式なの？　変わってるわね」

と、栄江は言った。

清士としては、どう言いわけしていいか分からない。

困るとか、栄江に対して申しわけないという前に、「どうしてここにいると分かったんだ？」と考えていた。

そこへ、軽やかな足音がして、

「頼んでくれた？」

と、北川充子が戻ってくる。

そして、栄江など全く存在もしないかのように、席につくと、

「これからが楽しいのよ。マグロの大きいのが群れになって泳いでるの」

栄江は何も言わずに、じっと充子を見ている。――聞く必要もない。

何が起こったのか、見れば分かる。

栄江は、急に緊張がとけたように息をついて、

「紹介してよ」

と言った。

「この人、誰なの？」

充子は、清士が答える前に、

「私、北川充子。よろしく」

と、栄江の方へ手を差し出した。

清士は、栄江がごく当たり前に握手したので、びっくりした。

「一緒にどう？」

と、充子は明るく言った。

「あなたも水族館が好きなの？」

栄江は首を振って、

「ちっとも」

「じゃ、どうしてここへ？」

「清士がいるから」

「ああ」

と、充子は肯《うなず》いた。

「栄江」

と、清士は言った。

「今度、ちゃんと話すから、な？　今日は帰ってくれ」

栄江はじっと清士を見つめていた。——涙をためた目で。

清士にとって、永遠かと思えるほど長い時間がたった。本当は、せいぜい二、三分だったろう。

「お待たせしました」

ウェイトレスの女の子が、カレーライスとスパゲティを運んできた。そして栄江を見て、

「――お二人、ですよね？」

「ええ、二人です」

と、栄江は言って、

「お葬式にカレー食べるのも、変わってるわね」

と笑った。

そして、栄江は小走りに行ってしまった。

「――お葬式って言ってきたの？」

充子がスパゲティを食べながら言った。

「うん……。他に思いつかなくて」

「でも、分かって良かったじゃない」

充子はまるで気にしていないらしい。

清士は、何だか重苦しい気持ちで、カレーを食べ始めた……。


夕方になって、清士は充子と別れ、家路についた。

充子は充分楽しんだようで、

「また会おうね」

と、さっさと次のデートの日取りまで決めてしまった。

駅のホームで、一人になった清士は思い出してケータイの電源を入れた。

メールが入っている。栄江かと思ったら、自宅の妹からで、〈すぐ電話して!〉

とある。

「何だろう……」

電車はまだ来ない。清士は自宅へかけた。

「もしもし」

「お兄ちゃん!　やっとかけてきた」

妹の美沙《みさ》が出て言った。

「電源切ってたんだ」

「急いで帰ってきて！」

「今帰るけど——。どうしたんだ？」

「あのね、叔父さんが亡くなったの」

「何だって？」

清士は、周りがびっくりするような大声を出していた。

「叔父さんがね、今日の午後、事故で亡くなったんだって。お母さん、急いで出かけてったわ。——もしもし？　お兄ちゃん、聞いてる？　——お兄ちゃん？」

インタビュー

「つまり、商社というのは、直接品物を買ったり、売ったりするのではなく、売りたい人と買いたい人の間を取りもつのが仕事、ということになるかね」

フォン・クロロックは、にこやかに笑顔を見せながら言った。

クロロックの言葉をせっせとメモしているのは、ブレザー姿も若々しい女子高校生たち。

「――よく分かりました」

と、リーダー格の子が言って、きっちりと両手を膝《ひざ》の上に揃《そろ》え、

「ありがとうございました。お忙しいところを、色々ご案内いただいて」

いかにも、先生から「こう言いなさい」と言われてきた通りの挨拶《あいさつ》だが、途中、ちょっとつっかえたりするのがご愛嬌である。

「いやいや」

クロロックは、やさしく、

「大手の商社も色々あるのに、うちのような小さな商社にインタビューに来てくれてありがとう」

——フォン・クロロックが社長をつとめる〈クロロック商会〉のオフィス。

応接室といっても、半ば物置と化している部屋で、「社会科の実習」としてやってきた五人の女子高校生たちは、クロロックから話を聞いていた。

——クロロックの娘、神代《かみしろ》エリカは、その部屋の隅に立って、インタビューの様子を眺めていた。

女子大生のエリカから見ても、ほんの数年前だというのに、高校生たちはずいぶん「子供」に見える。

一人を除いて、のことだが。

「——何か質問したいことは？」

と、クロロックが言った。

予《あらかじ》め用意した以外の質問となると、なかなか思いつかないとみえる。

みんな、チラチラと目を見交わしているばかり。

そのとき、

「一つ伺《うかが》っていいですか」

と言ったのは、女子高校生の中で、ただ一人、少し変わった感じの大人びた子で、この子一人は、メモも一切取っていなかった。

「何だね?」

「クロロックさんは外国の方ですね。お生まれはどこですか?」

直接商社の活動についての問いではなかったので、リーダーの子が何か言いたそうにしたが、クロロックは、

「私はトランシルヴァニアの生まれだ。今のルーマニアに当たるがね」

と、快く答えた。

「それで、そういうマントを着てるんですか?」

と、その女の子が訊《き》いた。

リーダーの三年生が、

「岡野《おかの》さん、それってどういう意味?」

と、ちょっと不愉快そうに言った。

「上原《うえはら》さん、知らないんですか」

岡野という子が、口もとに笑みを浮かべて、

「トランシルヴァニアって、吸血鬼ドラキュラの生まれた所なんですよ」

「吸血鬼って……。失礼でしょ、クロロックさんに」

リーダーとしては、とがめ立てせずにいられなかったのだろう。

「ああ、いやいや」

クロロックは穏やかに、

「よく知っているね。君のような年齢の子で、そのことを知っている者は少ないだろう」

「私、吸血鬼って大好きなんです」

と、岡野という子が言った。

「もし、本当にいたら、血を吸ってもらいたい」

「すみません、関係ないことで」

と、リーダーの上原という子が詫びた。

「さあ、みんな、もう失礼しましょう」

女の子たちは、一人一人、

「ありがとうございました」

と、礼を言って、応接室を出ていく。

「――すみません。トイレ借りていいですか」

と、岡野という子が言った。

「そこの玄関の左手だよ」

「ありがとう」

「岡野さん、先に出てるわよ」

と、上原という子が言った。

「――外はもう寒いだろう。ロビーにおいで」

クロロックは女の子に優しい。

何しろ後妻の涼子《りょうこ》はエリカより一つ年下。

エリカは、そんな父の様子を眺めながら、

「お母さんがいたら大変だ」

と呟《つぶや》いた。

涼子は、猛烈なやきもちやき。夫が女の子に優しくしているだけで目を吊り上げて怒る。

「上原かおりといいます」

リーダーの子が手製の名刺をクロロックへ渡して、

「もし、何か確認したいことがあったら、メールなどでご連絡してもいいでしょうか?」

「いいとも。もっとも、私はその手の機械が苦手でな。——そこの娘にやらせよう」

上原かおりは、少し間を置いて、

「二年生の岡野さんが、失礼なことを伺って、すみません」

「なに、構わんよ。二年生にしては、少し大人びた子だね」

「以前はあんなじゃなかったんですけど……」

上原かおりは当惑している様子だった。

「沢井《さわい》君のせいよ」

と、他の子の一人が言った。

「そんなこと——」

「本当だもん。栄江《さかえ》、沢井君とずっと付き合ってたのに、沢井君、あの名門女子校の子と仲良くなっちゃって……」

「やめてよ。男女の付き合いなんて、他人には分からないことがあるわ」

冷静な印象の上原かおりが、少しむきになっているのは、その「沢井君」という男の子をかばいたい気持ちがあるせいらしい。

「だけどさ」

と、他の子が言った。

「栄江、振られたからって、ちっとも落ち込んでないじゃない。却《かえ》って急に大人びてさ」

「他の男と付き合ってるって噂《うわさ》よ」

「本当？」

「ちょっと、それって誰？」

女の子同士、二年生も三年生もワイワイとやり始めた。

「みっともないわね！　やめてよ」

と、上原かおりが本気で怒っている。

「栄江、戻ってきた」

岡野栄江は、自分の話で盛り上がっていたことなど知らぬげに、

「お待たせ」

と、涼しい顔で言った。

――女子高校生たちが帰っていくと、

「やれやれ、若いエネルギーというのは、暑いものだな」

と、クロロックは汗をかいている。

「勝手に興奮してたんじゃないの？」

と、エリカは冷やかした。

「――社長さん」

と、女子社員の一人がやってきて、

「今、女性トイレに誰か入りました？」

「何だね？」

「トイレの鏡に何かわけの分からないいたずら書きがしてあるんです」

クロロックとエリカは顔を見合わせた。

二人が入ってみると、洗面台の鏡に、どうやら口紅か何かで書いたらしい文字。

「リップクリームだわ」

と、エリカが、ちょっと指先でこすって、匂《にお》いをかぐと言った。

「きっと、あの岡野栄江って子が書いたのよね。でも——これ、文字?」

ふしぎな文字だった。アルファベットではない。

クロロックはじっと深刻な表情でその文字を眺めていたが、

「きれいに拭《ふ》いといてくれ」

と、社員へ言いつけて、外へ出た。

「——お父さん、どうしたの?」

エリカが追いついて訊く。

「奇妙だ」

「何が?」

「あの文字はスラブ系のごく一部の民族で使われていた特殊な文字だ。何百年も前になな」

「じゃ、今は?」

「使うことはない。大体誰も読めんだろう」

「お父さんは分かったのね」

「ああ。トランシルヴァニアの辺りでは、使われていた」

「あれ、何て書いてあったの?」

クロロックは少し声を低くして、

「〈我は復讐のためによみがえれり〉と書いてあった」

と言った。

「〈復讐〉?」

「あの女の子が、なぜそんなものを書いていったか……。いやな予感がする」

と、クロロックは腕組みをして言った。

「何もなければいいがな……」

秘めた思い

何もなければいいが……。

そのクロロックの心配は、全く別の方面で事実となった。

つまり、クロロック自身の身に「何か起こった」のである。

「あなた！」

夜、クロロックが帰宅すると、妻涼子《りょうこ》が凄《すご》い勢いで食ってかかった。

「な、何だ、一体？」

クロロック、早くも逃げ出しそうな体勢。

「とぼけないで！　今日、女子高校生たちに囲まれて、ニタニタ目尻を下げてたっていうじゃないの！」

と、涼子はクロロックの胸ぐらをつかまえて、

「もう私に飽きたのね！　もっと若い子の方がいいのね！　そうならそうと言ってちょうだい！　私、虎《とら》ちゃんを連れて家を出ます！」

と、一気にまくし立てる。

「何を馬鹿な！　お前に並ぶ魅力的な女がこの世にいると思うのか？　女子高校生が百人かかっても、お前の魅力にかなうものか」

クロロックが必死でなだめる。

――エリカはいつも見慣れているので、口を出すことはなく、弟の――つまり、父と涼子の間に生まれた虎ノ介《とらのすけ》の相手をしていた。

涼子は「家を出る」といっても、身寄りがなくて、どこも行く所がない。だから、ああやって怒って見せるのは、

「私を愛してるってことを、態度で示して！」

ということなのである。

むろん、クロロックも可愛い妻のその気持ちはよく分かっている。

何しろ「本物の吸血鬼」として何百年も生きてきたクロロックである。人生経験は豊富なのだ。

今も上手に涼子をなだめ、熱いキスをしてやって……。

「頼むわよ」

と、エリカは呟《つぶや》いた。

「夕ご飯の後にしてよね」

——こういうとき、クロロックと涼子はしばしば二人してそのまま寝室へ直行して、しばらく出てこないことがあり、エリカはその間、お腹《なか》の空《す》いたのを我慢しながら、虎ちゃんの相手をしていなくてはならない。

今夜は幸い、涼子もお腹が空いていたとみえ、

「じゃ、早速夕食にしましょ」

——夫の「浮気」に怒り狂っている状態から、どうやったらこうもコロッと変われるものか、とエリカは感心する。

「やれやれ……」

クロロックは汗を拭《ぬぐ》って、

「何とかなだめた。しかし、どうして女子高校生たちが会社へ来たことを知ったのかな」

「そんなの、すぐ分かるじゃない。社員の誰かに、お母さん、おこづかいあげて、情報を集めてるのよ」

「――なるほど！」

クロロックは、はたと額《ひたい》を打って、

「それは思いつかなかった！」

「頼りない吸血鬼ね」

と、エリカが苦笑する。

「ま、やきもちやかれる間が華ね」

「私も自分へそう言い聞かせておる」

と、クロロックは肯《うなず》いた。

「あなた、ご飯よ！」

と、涼子の声がした。

「すぐ行くぞ！」

と、クロロックが飛んでいく。

「おお！　愛《いと》しの虎ちゃん！」

エリカは苦笑いして食卓へ行こうとしたが、

「――メールだ」

エリカのケータイにメールが入っている。

「誰だろ?」

〈突然すみません。上原《うえはら》さんが危ないんです。助けてあげて! 今夜九時に、K公園に〉

メールはそこで終わっている。

誰が送ってよこしたのか?

〈上原〉とは、あの上原かおりのことだろうか。

「九時、K公園か……」

どうして、こんなことが持ち込まれるの?

エリカはため息をついたが、行かざるを得ないだろうと思った。

クロロックは――もちろん、連れ出せやしない。

「仕方ない、一人で行くか」

と呟いたとき、ケータイが鳴った。

「もしもし、エリカ？」

友人の橋口《はしぐち》みどりだ。

「みどり、どうしたの？　ずいぶん騒がしいわね」

みどりの声の向こうでは、ワイワイガヤガヤ、凄《すご》い人出らしい。

「ね、エリカ、今私、六本木《ろっぽんぎ》にいるんだけどさ、出てこない？」

「六本木？」

「ほら、例の大学同士の交流会。会費三千円の割りには食べるもんもあるし」

何だか、この間みどりがそんな話をしていたことを、エリカは思い出した。

「これから夕ご飯なの」

と言って、食卓の方へ目をやると、

「はい、アーンして」

と、涼子が――クロロックに食べさせて（！）いる。

ま、私がいなくても別にいいか。

「――行くわ。千代子《ちよこ》は？」

もう一人の仲間、大月《おおつき》千代子のことだ。

「どこかにいる。――ちょっと近くには見えないけどね」

「OK。――ね、そこから出かけたい所があるの。付き合ってね」

「え？」

「じゃ、すぐ出るから」

と、エリカは通話を切って、

「――ね、みどりから六本木に出てこないかって言ってきたの。行ってもいいでしよ？」

念のため、声をかけたのだが、

「――いいわよ。あなた、どう？　とっても苦労して作ったのよ。おいしい？」

「ああ！　これは三ツ星レストランの味に負けんぞ」

クロロックのほめ方もオーバーである。

もはや完全に「二人の世界」に入りこんでいて、虎ちゃんも諦《あきら》めてスプーンでせっせと一人食事している。

エリカはさっさと仕度して出かけることにしたのだった……。

上原かおりはK公園の中へ入っていった。

――都心にある公園としては広く、中は緑が豊富なので、夜にはベンチが恋人たちで一杯になる。

いや、かおり自身は、この公園自体、ほとんど来たこともなく、特に夜、暗くなってからなど、初めてだ。

今はさすがに夜になると寒いので、ベンチで身を寄せ合う恋人たちもほとんどいない。

それでも、ポツリポツリとは目について、かおりの方が照れて目をそむけてしまう。

約束の九時にはまだ早かった。

それでも、遅れたくないという思いがあって、二十分近く前に着いてしまったのである。

歩き回っていても仕方ない。

かおりは、あんまり目立たない木立の間の道にあるベンチに腰をおろした。

風があまりないので、何とか座っていられる。

ケータイが鳴った。

「――もしもし」

「上原か？」

「沢井《さわい》君。今、どこ？」

「これからK公園に向かう。五分くらい遅れるかもしれないから」

「分かったわ」

「上原、どこにいるんだ？」

かおりはちょっと迷ったが、

「今、道の途中。――たぶん九時ちょうどくらいに着くわ」

と言った。

「じゃ、待っててくれ」

「いいわよ。急がないで」

――かおりはそう言って通話を切った。

もうK公園に着いている、と言ったら、沢井が呆《あき》れてしまうかと思ったのだ。

そう。――私は別に沢井君の「彼女」でも何でもないんだから。

——上原かおりは二年生のとき、生徒会の仕事で沢井と一緒だった。パソコンが苦手な沢井に代わって、キーボードを叩いたりして、結構二人で学校に残っていたこともある。

沢井は、かおりを「上原」と呼ぶし、かおりの方は「沢井君」と呼ぶ。仲はいいが、「男と女」という意識はない。

——誰もがそう見ていた。

沢井は二年生の岡野栄江《おかのさかえ》と付き合っていたし、かおりの方は勉強一筋で、「男の子なんて興味ない」と、あちこちで言っていた。

でも——そうではなかった。

かおりは沢井のことが好きだったのだ。

でも、かおりはプライドから、彼を巡って二年生と争いたくない、という気持ちの方が勝っていたのである。

その沢井が——他校の女の子に心を移した。

噂《うわさ》は、むろん耳に入っていた。

でも、そのことで沢井に何か言う立場ではなかった。

相手が名門の女子高校二年生で、北川充子《きたがわみつこ》という子だとも、聞いていた。

ところが、他の噂がかおりの耳に聞こえてきたのだ。

一つは、

「沢井に振られた岡野栄江が、しばしば学校をサボるようになった」

ということ。

もう一つは、

「北川充子という子は、付き合った男の子がみんな停学や退学の処分を受けている、問題のある子だ」

ということだった……。

これを聞いて、かおりは黙っていられなくなった。

「話したいことがあるの」

と、電話で沢井を呼び出した。

K公園というのは沢井が指定してきたのだが、かおりはこんな外ではなく、落ちついて話のできる所が良かったのだ。

しかし、沢井の方が、「どうしても」と言ったので、仕方なかった。

ともかく、今のかおりは、沢井にどう話すのがいいか、そのことだけで頭が一杯だったのである。

何か——背後で足音が聞こえた。

後ろは木立と茂みのはずだが——。

かおりが振り返るより早く、のびてきた手が、かおりの首にかかった。

「もう着いちゃったじゃない」

と、みどりが不服げに、

「これなら、あと十五分、食べてられた」

「大して違わないでしょ。十五分くらい」

と、エリカが言った。

「この公園で、誰が待ってるの？」

と、大月千代子が訊《き》く。

——六本木のクラブでのパーティから、橋口みどりと大月千代子を連れ出したエリカは、タクシーでK公園までやってきた。

道が空《す》いていて、九時より十五分ほど早く着いたのである。

「上原かおりっていう女の子。高校三年生で……」

「でも、ここ、広いわよ。どこにいるの？」

「そこまで知らないけど。——まだ早いから来てないかもしれない。ちょっと捜して一回りしてみよう」

「寒いのに……」

と、みどりはブツブツ言っている。

「マラソンでもする？」

「いやだ」

エリカは笑って歩き出したが、

「——何か聞こえた」

と、足を止めた。

「ケータイ、鳴った？」

「違うわ！　女の子の声……」

エリカは父の血をひいて、聴覚も人並み外れて鋭い。

「こっちだ！」

エリカは駆け出した。同時に、

「誰か来て！」

と、大声で叫んだ。

もし、誰かが襲われているのなら、この声で、襲っている方が逃げるかもしれない。たとえ逃がしても、被害者が救われることが先決である。

よろよろと道を歩いてくる女の子。——上原かおりだ。

「かおりさん！」

エリカが駆けつけると、かおりは両手で喉《のど》を押さえて、

「助け……て……」

と、かすれた声を出すと、エリカの腕の中に崩れ落ちる。

同時に、かおりの喉に傷口が開き、血が溢《あふ》れ出た。

木立の奥を駆けていく足音が耳に入ったが、追っている余裕はない。

「千代子！　みどり！」

と、エリカは叫んだ。

「どうしたの?」

「みどり、そのマフラー、かして!」

エリカはみどりのマフラーをかおりの首に巻きつけた。これで病院へ運ぶしかない。

「一番近い病院、分かる?」

「確か——あのホテルの向こうがS大病院よ」

と、千代子が言った。

「お父さんに連絡して! 病院へ来てって」

「分かった」

「みどり、ここにいて。この子と待ち合わせた相手が来るかもしれない」

「うん」

みどりも、さすがに文句は言わない。

エリカは、かおりの体を両腕で抱きかかえると、

「行くよ」

と、息を吸い込み、一気に駆け出した。

木々の間を猛然と駆け抜け、公園の周囲の生け垣を飛び越えて、真っ直ぐに病院へ——。

病院の中へ飛び込むまでに、数人の通行人をはね飛ばしていた。

恋心

「どうした？」

と、クロロックが病院へやってきたのは、三十分ほどたってからだった。

「お父さん！　遅いよ！」

と、エリカがにらむ。

「そう言うな。涼子《りょうこ》を納得させてくるのは、大変だったのだ」

エリカも、その事情はよく分かっている。

「今は落ちついてるけど、傷を見てくれる？」

「見よう」

大学病院の救急で手当てを受けた上原《うえはら》かおりは、病室のベッドで寝ていた。

「今は薬で眠ってる」

「そうか」

首に包帯を巻かれて、かおりは眠っていた。クロロックは静かにかおりの頭を持ち上げ、包帯を外した。

「──どう？」

「うむ、これはかまれた傷だな」

「お医者さんは首ひねってた。もしかしたら、野良犬にでも襲われたのかも、って」

「人間の目には、犬も吸血鬼も変わるまい」

クロロックは、まだ生々しい傷口に手を当てると、「力」を集中した。

傷口が見る見る乾いてくる。

「──深い傷ではない。これで大丈夫だろう」

「元通りに包帯しとかないと」

「私は苦手だ。エリカ、お前、やってくれ」

「きれいに巻けるかなあ」

そこへ、

「何してるんです？」

と、看護師が一人やってきた。

「ああ、いいところへ来た。君、この子の包帯を新しいのと取り替えてくれ」

クロロックの目が看護師の目をじっと見る。

——看護師が少しフラッとよろけて、

「はい、先生。すぐ交換します」

「頼むよ、君」

クロロックが看護師の肩をポンと叩いた。

「——ちょうどいいところへ来てくれた」

クロロックは、看護師に催眠術をかけて、自分をここの医師だと思わせたのである。

二人が廊下へ出ると、

「あ、エリカ！」

みどりと千代子《ちよこ》がやってくる。

「どう、あの子？」

と、千代子が訊《き》いた。

「うん、何とか助かった。それで、誰か公園に来た？」

「あそこにいる」

と、みどりが振り返って指さした。

ヒョロリと背の高い少年と、その腕にしっかりつかまっているような少女。

少女の方は、〈クロロック商会〉へやってきた、岡野栄江《おかのさかえ》だ。

「――上原《うえはら》さんがけがしたって？」

と、栄江はエリカたちの方へやってくると言った。

「襲われたのよ。喉《のど》をかまれて」

と、エリカは言って、

「沢井《さわい》君ね。――上原さんが公園で待ってたのは、あなた？」

沢井は、少し生気のない感じで、

「ええ……。待ち合わせてたんですけど、遅れちゃって」

「私がいけないの」

と、栄江がかばうように言った。

「沢井君が上原さんと会うって言うんで、後を尾《つ》けてたの。見つかって、そこで色々もめてたら、遅くなって」

しかし、栄江は、申しわけないと思っている様子ではなく、むしろ沢井と一緒にいて楽しそうだった。

「――じゃ、公園までずっと二人で来たのね？」

「もちろんよ」

クロロックがかすかに鼻を動かした。

エリカも「匂《にお》い」に気づいていた。――むろん、ここは病院なので、色んな匂いがしてもふしぎではないが。

「あなた、どうして沢井君が上原さんと待ち合わせてると知ってたの？」

と、エリカは栄江に訊いた。

「上原さんがお友だちに話したんですよ」

――本当だろうか？

エリカは、ちょっと首をかしげた。

「一つ訊いていいかね」

と、クロロックが言った。

「沢井君といったか。——君、なぜこの寒い中、あんな公園で上原かおり君と待ち合わせたのかね？」

沢井はクロロックの問いが分かっているのかどうか、妙にトロンとした目でクロロックを見ていたが、いい加減たってから、

「——僕じゃありません」

と言った。

「すると——」

「彼女の方が、あそこを指定してきたんです」

「そうか。ありがとう」

「いいえ……」

そう言ってから、沢井はやっと気がついたように、

「それで、上原君はどうですか？」

「大丈夫。喉をかまれはしたが、血は吸われていない」

クロロックの答えに、栄江が目を輝かせて、

「じゃ、吸血鬼にやられたの？　凄《すご》い！」

「喜んでる場合じゃないわよ」

と、みどりが呆《あき》れた。

「でも、血を吸われてなかったのか！　きっと、上原さんの血、勉強ばっかりしてたから、おいしくなかったんだ」

栄江は自分の意見がおかしかったらしく、一人で楽しげに声を上げて笑った。

――そこへ、上原かおりの家の人が駆けつけてきたので、クロロックたちは引き上げることにした。

応急手当てを担当した医師が、家族に野良犬にかまれたらしいと説明し、包帯を取って、傷が奇跡的に良くなっているのを見て仰天した。

むろん、医師は、

「自分の技術がいかにすばらしいか」

を、熱心にアピール。

「これを学会に発表してもいいでしょうか？」

と訊いたのだった……。

「——じゃ、私たちこれで帰ります」

病院を出ると、栄江は沢井の腕を取って言った。

エリカたちは、二人の後ろ姿を眺めていたが、

「——血の匂いがした」

と、エリカは言った。

「うむ。確かに、あの少年から血の匂いがしていたな」

と、クロロックが肯《うなず》く。

「やっぱりあの男の子がやったの？」

「さあ、それはどうかな。——さて帰ろう」

みどりはまだ六本木《ろっぽんぎ》のクラブを早く出てきた「十五分」が諦《あきら》め切れない様子だったので、

「お父さん、交際費で」

と、エリカが父をつついた。

「うむ……。しかし、涼子の目が光っとるからな」

税務署より奥さんの方が怖いのだ。

結局、近くのファミリーレストランで、クロロックのポケットマネーの範囲で夕食の追加(?)をおごることになった。

エリカも、パーティではあまり食べていなかったので、定食をしっかり平らげた。みどりも、もちろんである。

千代子は、三人の中で一番やせているのに、

「太るわ……」

と、こぼしつつ、しっかり食べていた。

「——あの上原かおりは、沢井って子が好きなのよね」

と、千代子が言った。

「でも、口に出すのはプライドが許さない。そういうタイプよ」

「だから、あんな公園で会うことにしようとは、沢井が言ったはずだ」

と、クロロックが肯き、

「恋している方が、いつも弱い立場だ。それは時代を問わず同じことさ」

「お父さんもね」

「それを言うな」

——店の客が「キャーッ！」と悲鳴を上げた。

「いかん！」

クロロックが立ち上がった。

レストランへ入ってきた若い女性が、喉から血を溢《あふ》れさせて倒れた。

クロロックはすぐに駆けつけたが、

「——もうこと切れている」

と、首を振って言った。

「病院もむだ？」

「心臓がすでに止まっている。大量の失血のショックだろう」

「じゃあ……」

「この女性は血を吸われている」

と、クロロックは言った。

心の傷

「ちょっと！　どこに行くの？」

岡野栄江《おかのさかえ》は、さっさと歩いていく沢井《さわい》を、必死で追いかけた。

「ねえ、待って……」

沢井がやっと足を止めた。

栄江は息を弾《はず》ませて、

「どうしたの？　――ねえ、清士《きよし》」

栄江がポンと彼の肩を叩くと、沢井はハッとして、

「――栄江。ここ、どこだい？」

と、キョロキョロしている。

「何よ、自分がここまで歩いてきたんでしょ！」

そこはひどく寂しい場所だった。

家はあるが、ビルでも建つのか、取り壊されるようで、誰も住んでいない。

「僕が歩いてきた？」

「そうよ」

そこへ、

「私が呼んだのよ」

と、声がした。

栄江には声だけでもそれが誰か分かっていた。

「あなたね！　北川《きたがわ》さん」

「ええ」

北川充子《みつこ》が現れる。

街灯の弱い光の下、充子は白いブラウスの胸あたり、いっぱいの血で染まっていた。

「あなた……」

「血をたっぷり飲んできたの」

と、充子は言った。

栄江が目をみはって、

「あなたは……吸血鬼なの?」

「憧《あこが》れているくせに、分からなかったの?」

と、充子は笑った。

「だって……」

「沢井君の血もいただいた。でも、あんまり吸うと、命にかかわる。ほんの少しで辛抱したわ」

「充子……」

沢井が我に返ったように、

「上原《うえはら》のことを——」

「ああいう女は大嫌いなの!」

と、充子は激しい口調で言った。

「君がやったのか」

「ええ、そうよ」

「君が、どうしてあんな公園で上原と会えと言ったのか、分からなかった……」

「邪魔の入らない所で会いたかったのよ。でも、邪魔は入った」

充子は悔しげに言った。

「すぐそばの茂みに、抱き合ってる男と女がいたのよ。私、気づかなかった。その女の方に、あの女の血が飛んでね、騒がれちゃった」

「充子――」

「もう分かってるでしょ？　私は北川充子の体を借りているだけ。遠い昔から来た女よ」

「夢みたいなことを……」

「夢じゃない。――悪夢だわ」

充子は、栄江の方へ向くと、

「行きなさい。おとなしく消えたら、命は助けてあげる」

「何よ、偉そうに！」

と、栄江が言い返した。

「清士は私の彼氏よ！」

「栄江、帰れ」

「いやだ！」

「お前が血を吸われるぞ！」

「誰がこんな女に――」

栄江が充子に向かって飛びかかっていった。

だが、アっという間にねじ伏せられ、

「そんなに血を吸われたい？」

と、充子が栄江の前へと身をかがめる。

「よせ！」

沢井が叫んだ。

「――沢井君」

充子は栄江を離した。

栄江は地面に転がって呻《うめ》いた。

「栄江は許してやってくれ」

「私と一緒に来る？」

「僕が？」

「そう」

充子は肯《うなず》いた。

「――だめよ、清士！」

栄江が起き上がって、

「そんな化け物についてっちゃいけない！」

「化け物ですって！」

充子が目を真っ赤に光らせて、

「化け物と呼んだわね！　許さない！」

充子が一歩踏み出した。

そのとき、

「我々はしょせん『化け物』なのだ」

と、声がした。

――クロロックとエリカが立っていた。

「血の滴《したた》り落ちているのを辿《たど》って、ここまで来た」

と、クロロックは言った。

「お前はなぜこの世界に戻ってきたのだ?」

「分からないわよ、男には」

と、充子はクロロックを見据えて、

「人間の暮らしをしている裏切り者にはね!」

「吸血族は、人と争うために生きているわけではない」

と、クロロックは言った。

「でも、人間は私たちを化け物扱いした」

「辛《つら》い記憶があるのだな」

充子は、沢井の方を見た。

「そうよ。——人間の男に私は恋をした」

「裏切られたのか」

「私はすべてを告白して、それでも私を愛してくれるかと訊《き》いたわ。彼は誓ってくれた。——私への愛は変わらないと」

充子の顔が歪《ゆが》んだ。

「私はこの身を捧げた。人間の乙女と同じように、期待と不安でいっぱいになりながら、彼に抱かれた……」

「その男は、お前を抱いたのか」

「そうよ！　その後で、眠っている私の胸に杭を打ち込んだ。——卑劣だわ！」

充子の声は怒りで震えた。

「でも、男の手が震えていたのか、杭の先は心臓をそれた。私は男の首をねじ切って、逃げた……」

「気の毒にな。——しかし、同じような思いをした仲間は大勢いる」

「私は辛抱したりしないわ！」

「どこかへ一人で姿を消せ。人間と会うことのない場所へ行け」

「いやよ！」

「いいか。お前は人間を殺した」

「この人の叔父《おじ》さんもね」

と、充子は言って笑った。

「嘘つきにしちゃ可哀そうだもの」

「お前の怒りは分かる。しかし、この世界で生きていく以上、人間の命を奪うことは許されぬ」

「いいえ！　生きのびて見せる！　この人と一緒に」

「――お前は私を訪ねてきたな」

「そうよ、会社へ行った」

「ちょうど、この子たちが来ていたときか。あの鏡の文字はお前か」

「会ってみたかった。本当の吸血鬼に」

「失望したか」

「ええ」

「それは悪いことをしたな」

「いっそ、孤独に生きようと決心がついたわ」

栄江が立ち上がって、

「じゃ、清士を置いてってよ！」

と叫んだ。

「この人は私のものよ」

充子が沢井を抱き寄せる。

その瞬間、沢井の手がポケットからナイフを取り出して、充子の心臓へと突き立てる。

充子がハッとして、

「あなた……」

「ごめん。――ついていくわけにいかないんだ」

充子は後ずさり、よろけると、胸に刺さったナイフを手で抜いた。

「――刃物で殺すことはできぬ」

クロロックが進み出ると、

「人間は人間の世界へ帰してやるのだ」

「ああ！」

充子が一声悲痛な叫び声を上げると、その場に崩れるように倒れた。

「お父さん！」

「待て」

と、クロロックが止める。

倒れた充子の体が徐々に形を失い、崩れていった。

「――死んだの？」

「魂が抜けていった。――ナイフのせいではなく、裏切られたショックのせいだ」

「じゃあ、また……」

「いや、もう人の世に現れることはあるまい」

「栄江……」

沢井が栄江を抱きしめる。

――エリカは、冷たい風が吹いてきて、充子だった灰の山を、吹き散らしていくのを見ていた。

「――可哀そうに」

「さあ、行こう。死んだ娘が、もしかしたらよみがえっているかもしれん」

「そんなことが？」

「まだ時間がたっていないからな。――確かめてみよう」

栄江が沢井の腕を取って、

「私、やっぱり吸血鬼より人間の方が好き」

と言った。

「気をつけて帰れよ」

クロロックはエリカを促して、みどりたちの待つレストランへと戻っていった。

「みどり、また何か頼んでるかも……」

と、エリカは少々心配だった……。

吸血鬼と眠りを殺した男

退屈しのぎ

日の当たるベンチで、その老人は気持ちよさそうに眠っていた。

――少年たちが通りかかったとき、老人はちょうど身動きして、「さて、もうひと眠りするか」とでもいう感じで、深く寝息をたてた。

少年たちは大欠伸《おおあくび》をしたところで、一人が欠伸すると、それは他の二人にもすぐにうつっていった。

三人がベンチで眠る老人の前で足を止めたのは、どうしてだったろう?

後で考えても、三人の誰もはっきりとは説明できなかった。

ただ、三人に分かっていたのは、口に出して言わなくても、お互い同じ気持ちでいる、ということだった……。

――老人は、何か異常を感じて目を覚ました。

体が動かない。

しかし、それは病気とか発作のせいではなかったのだ。——眠りからさめた老人は、自分が手足を縛り上げられ、動けなくなっていることに気づいた。

「おい、誰がこんな——」

目を開けると、老人は自分を見下ろしている三人の少年に気づいた。

「君たち……これをほどいてくれ。な、頼むよ」

と、老人は言った。

老人は、まさか自分を縛ったのがその少年たちだとは、思いもしなかったのである。

「全く……悪いことをする奴がいるんだ。な、これをほどいて——」

老人はそこまで言って、気づいた。

三人の少年たちが、口もとに冷ややかな笑みを浮かべていたのである。

「お前たちだな、こんなことをしたのは！」

老人は顔を真っ赤にして、手足をバタつかせたが、力任せにほどくほどの体力はなかった。

「——一体何の真似だ？　こんなことして、何が面白い！」

少年たちは顔を見合わせた。

ヒョロリとやせた、中学生らしい少年たち。三人とも同じようなバッグをさげていた。

「よく寝てたからさ」

と、一人が言った。「グーグー、気持ち良さそうに」

「寝てちゃいかんというのか」

「俺たちなんか、ゆうべ三時間しか寝てないんだ」

「そうだよ。日曜日だっていうのに、眠い目こすって朝早く起きなきゃ」

「許せないよな。俺たち三人とも寝不足なのに、こんな所で眠ってるなんてさ」

老人は苛立《いらだ》たしげに、

「それがわしのせいなのか!」

「そうじゃないけど、しゃくにさわったんだ」

「なあ。——このまま放っといて行こうぜ」

と、一人が言った。「誰か来ると面倒くさいよ」

「そうだな。——じゃ、じいさん、またいい夢でも見てなよ」

三人はそのまま行きかけた。

「黙ってると思ってるのか！」

と、老人が精一杯の声で叩きつけるように言った。

「忘れないぞ！　とっちめてやるからな！」

少年たちは笑った。

「『とっちめてやる』だってさ」

「やれるもんなら、やってみな」

その少年たちの態度が、老人の怒りをあおり立てた。

「知ってるぞ！　お前ら、そこの学習塾に通ってるんだろう！」

老人の言葉に、少年たちの顔から笑いが消えた。

「警察に届けてやる！　塾へ行って、お前らを見つけ出し、『この三人がやったんです』と訴えてやる。そうすりゃ、お前らは補導されて、高校受験どころか、退学処分だぞ。ざまみろ！」

少年たちが顔を見合わせた。

そして——話し合ったわけでも、ためらったわけでもなかった。

三人は一緒にスタスタと戻ってくると、老人をベンチから突き落としたのである。

手足を縛られている老人は、したたか肩を打って、

「いてて……。乱暴するな！　――おい、何するんだ！　よせ！」

少年たちは、老人の体を三人でけりながら転がしていった。

――草地を越えると、池があった。

「よせ。――おい、やめてくれ！」

少年たちは、老人の声など全く聞こえていないかのように、ひたすら足でけり、あるいは踏みつけるように転がしていって、とうとう池の中へと落としてしまった。

縛られていなければ、立って顔の出るくらいの深さだったろうが、泥に足を取られ、老人は沈んでしまった。

何とか必死の思いで顔を出すと、

「助けてくれ！　頼む！　何も言わないから！」

と叫んだが、また水に潜ってしまう。

少年たちは、無表情に、ただ黙ってそれを眺めているだけだった。

老人がむせ返りながら、もう一度水面に顔を出した。

「お前ら——畜生！　呪われろ！　一生、眠りを奪ってやる！　三人とも、二度と眠れんようにしてやる！　——呪ってやる！」

老人は再び水の中に没して、あとはいくつかの泡が浮かんで消えただけだった。

——少年たちは、顔色一つ変えるではなく、

「行こうぜ」

と、歩き出した。

「——呪いだって」

「眠れないようにしてやる、ってさ」

「受験勉強、やれそうだな」

みんなが笑った。

「ああ眠い……」

一人が欠伸して、

「電車に乗ったとたんに眠っちゃいそうだよ」

と言った……。

マラソン

「何ごとだ？」

フォン・クロロックが目を丸くして言った。

「何だろうね」

娘の神代《かみしろ》エリカにも分からない。

父と娘、二人で一緒に昼食をとっていたのだから、どっちも分からなくて当然なのである。

目の前の広い通りの両側に、ほとんど歩道を埋め尽くす勢いで人が出ていた。TV局の中継車も見える。

「何かあるのね。——すみません」

エリカは、背伸びをして眺めているおばさんに声をかけて、

「何の人だかりなんですか？」

「え？　——私も知らないのよ。でも、こんなに人が集まってるんだから、何か面白いことがあるんでしょ」

訊《き》く相手を間違えた、とエリカは思った。

「どうやら、何かのゴールだな」

と、クロロックが言った。

「ああ……。マラソンか何かだね」

通りの少し先には大きなグラウンドがある。たぶん、そこへ入って最終ゴールなのだろう。

「——しかし、参ったな。道の向こうへ渡るだけでも大変だ」

フォン・クロロックは、ヨーロッパから渡ってきた、「正統な吸血族」の一人。娘のエリカは、そのクロロックが日本人女性と結婚して生まれた。いわば「人間と吸血鬼のハーフ」。

もっとも、「吸血鬼」とはいうものの、人間社会に適応することを学んで生きてきたクロロックたち、人間を襲って血を吸ったりはしない。

今やクロロックは〈クロロック商会〉の社長（雇われではあるが）。

そして、エリカの母の死後、後妻に迎えた涼子《りようこ》との間に、虎ノ介《とらのすけ》が生まれている。

「あれ？」

エリカは、見物人の中に、見知った顔を見つけて、そばへ行くと、

「三好《みよし》さん！」

と、肩を叩いた。

「え？」

振り向いた女性は、ひどく疲れ切った顔をしていた。目の下にも、くまができている。

「あ……。エリカさん？」

「お久しぶりです」

エリカは、父を紹介して、

「大学の先輩で、私が一年生のときにお世話になった、三好文江《ふみえ》さん」

「これはどうも」

クロロックは挨拶《あいさつ》してから、まじまじと相手を眺め、

「その疲れようは普通ではないな。何か悩みごとがあるのかな?」

と言った。

「お父さん、失礼よ!」

「いえ、おっしゃる通りなんです」

と、三好文江は言った。

「寝不足もありますけど、それだけじゃなくて……」

「しかし、このマラソンを見に来たのかね?」

「ええ」

ごく普通のOLらしい、スーツ姿の三好文江は肯《うなず》いて、

「私の恋人が、このマラソンに参加しているものですから」

「へえ。三好さんの彼、陸上の選手なんですか」

「それが、全然違うの」

「というと?」

「同じ社のサラリーマン。——一応、大学時代にはスポーツをやってたらしいけど、今は時々ゴルフに行くくらい。三十二歳で、少し太ってきてるし」

「でも――このマラソンに出てるんでしょう？」

「それで心配なのよ。あの人、そんなに長い距離を走ったことなんかないはずなのに……。知人から手を回して出場登録してしまったの」

「これ、フルマラソンですか？」

「そう、四二・一九五キロ。――そろそろトップの人が見えるはずだわ」

文江は心配そうに伸び上がって見た。

「つまり……彼の体を心配してるんですね？」

「そう。――彼は辻口《つじぐち》悟《さとる》というんだけど、とてもいい人なの。私たち……結婚の約束をしていて」

「わあ、おめでとうございます」

「だからね……」

と、文江はため息とともに言った。

「結婚前に死んでほしくないの！」

そのとき、沿道の見物人がワッとわいた。

「来たみたいですね」

エリカは人垣の隙間《すきま》から覗《のぞ》いて、TVの中継車が走ってくるのを見た。その後に、トップを争っている四人の選手が続く。

「TVで生中継するような大会なんですね」

と、エリカは言った。

大きな声で言わないと、文江に聞こえなかった。それほど見物人が一斉に声援を始めたのである。

「そうなの！」

と、文江も大声で答えた。

「分かるでしょ？　素人《しろうと》が参加するような大会じゃないのよ」

確かに、文江の言う通りだ。

クロロックとエリカは顔を見合わせた。

「何か、浅からぬわけ
がありそうだな」

「そうね。――でも、素人じゃ、途中で落伍してるんじゃないかしら」

この父と娘は、吸血族の持つ「人間離れした聴力」のおかげで、この騒がしさの中でも小声で話ができる。

——マラソンは、トップ争いの四人が通過した後、少し間が空いて、続く選手たちが、一人、あるいは数人ずつ、現れた。

通過した選手が十人を越えた辺りで、沿道の見物人は少しずつ帰り始め、エリカたちも一番前へ出て眺めることができた。

「——なかなか来ませんね」

と、エリカは言った。

「そりゃそうよ。あんまり遅れたら失格になると思うし、途中でダウンして棄権してるかも」

「それならその方が——」

「ええ、その方が嬉しい。もし完走したとしたら、二、三日は会社休まないといけないでしょうから」

と、文江は言った。

二十人目の選手が目の前を通り過ぎたころには、もう沿道は見物する人もまばらになっていた。

「もう来ないわね、たぶん」

文江はホッとした様子で、

「本当は、彼に『絶対見に来ないでくれ』って言われてたの」

「じゃ、本人もとても無理だと思ってたんですよ、きっと」

と、エリカが言ったときだった。

残って見物していたおばさんが、

「あの人、おかしいわよ」

と言ったのである。

通りへ目をやったエリカは、一人、ヨタヨタと走って来る選手を目にとめた。

もうそれは「走っている」とはとても呼べなかった。左右の足は全くリズムを崩して前へ出ている。

前のめりに倒れそうになると、足が出てそれを支える。——そのくり返しで、辛《かろ》うじて前へ進んでいる。

「辻口さんだわ！」

文江が嘆《なげ》きの声を上げた。

「——疲れ切ってますね」

文江の言った通り、辻口悟はとてもマラソンをする体型ではなかった。

文江は「少し」太っていると言ったが、エリカの目には——たぶん客観的に見て——「大分」太っている、と見えた。

そして、凄《すご》い汗！

途中どこかで水浴びしてきたのかと思うほど、全身汗で濡れて、髪もびしょびしょだった。

すると、辻口は突然右へ左へとよろけ始めた。

「これはいかん」

と、クロロックが言った。

「意識が失われかけている。方向感覚が狂って、真っ直ぐに走っているつもりでも、実際にはジグザグに進んでいるのだ」

正に、辻口は歩道へ寄っては離れ、また時にはクルクルと体を回しながら、どっちへ向かって走っていいのか、分からなくなっているようだった。

「何とかして！」

と、文江が叫んだ。

大会の係員が何人か、見かねて駆けていった。

「おい！　もうやめなさい」

と、声をかけると、辻口は大声で、

「触るな！」

と叫んで手を振り回した。

「俺は最後まで走るんだ！　——どけ！」

と、再びゴールの方へとよろけつつ、進み出した。

「このままでは命にかかわる」

と、クロロックは言うと、黒いマントを広げ、辻口の方へエネルギーを一気に送った。

直接エネルギーを当てたら、辻口がけがをする。クロロックの「力」は、辻口の前に、目に見えない「壁」を作った。

その「壁」にぶつかった辻口は、その場で仰向けに引っくり返った。

「救急車だ！」

と、声が飛び、待機していた救急車が走ってくる。

クロロックとエリカは、文江について、倒れている辻口の方へ駆け寄った。

「――辻口さん！」

「君……。来てたのか」

と、辻口は文江を見上げて、

「何とか……頑張ろうと……」

「充分よ！」

救急車へ辻口がかつぎ込まれる。文江も、

「婚約者です」

と言って、一緒に乗り込んだ。

サイレンを鳴らして救急車が走り去ると、

「――妙だな」

と、クロロックが言った。

「どうしたの？」

「あの疲れ方だ。あの状態で倒れたら、意識を失うのが当然だ。しかし、意識はあった」

「そうね」

「それに——わずかだが、あの男を何か悪意か呪いのような『影』が囲んでいるように見えた」

「でも、それとマラソンと、どういう関係があるの？」

「それは分からん。——エリカ。後であの男の様子を見に行け」

「お父さんは？」

「私は家で怖い——いや、可愛い妻が待っている。夕飯をすっぽかしたら引っかかれてしまうからな」

吸血鬼のセリフ？

エリカは苦笑したのだった。

殴り合い

しかし、エリカとて、そう毎日毎日ヒマなわけではない。

その日も、夕方から大学のサークルでの「飲み会」があって、これはこれで外せないのである。

とはいえ、お酒を飲んでも一向に酔えないのも吸血族の血筋。

エリカの高校時代からの仲間、橋口《はしぐち》みどりと大月千代子《おおつきちよこ》も一緒である。

学生の身なので、安くすむ居酒屋での会。——一応「議題」なるものはあるが、五分で終了して、たちまち「鍋と酒の会」と化した。

大食漢のみどりは酒より食事。千代子はほんのり赤くなるが、乱れるほどは飲まない。

やはり男子学生の方が酔って大声を出したりする。

　すると、隣の仕切りから、

「うるさいぞ！」

と、声がした。

「――何だ？」

　学生の方も、酔って強気になっている。

「おい、居酒屋で、飲んで騒いじゃいけないってのか！」

と、隣の客へくってかかる。

「よしなさいよ」

と、エリカが止めた。

「止めるな！」

　隣の席にいたのは、三十歳くらいのサラリーマン。なぜか一人で鍋をつついている。

「何だ、一人で？　振られたのかよ、彼女に」

と、学生の一人がからかうと、その男は不意に立ち上がり、いきなり学生を殴った。

学生の方は、痛いよりびっくりして尻もちをついた。

「——何するんだ！」

たちまち、他の学生たちもいきり立って、そのサラリーマンを取り囲む。

「待ちなさい」

そのとき、学生たちを押しのけて割って入った男がいる。

小柄だが、がっしりした体つきで、どことなく威圧感がある。

「——あ、ボクサーの滝田英治《たきたえいじ》だ」

と、覗《のぞ》いていたみどりが言った。

「ボクサー？」

エリカは、その小柄な男の、厚い胸板、いかにもごつごつとした手を見て、納得した。

「邪魔しないでくれ」

と、そのサラリーマン風の男が言った。

「暴力はいけない。ケンカするほどのことじゃないだろう」

と、ボクサーが言った。

学生たちは、ブツブツ言いながらも席に戻った。

「あんたも、いい年齢をした大人なんだ。おとなしくしなさい」

滝田に言われた男は、不服そうだったが、

「――それじゃ、あんたを殴っていいか」

と言い出した。

「何だって？」

いきなり、男が滝田を殴った。

エリカもこれにはびっくりした。相手はプロのボクサーだ。

「どうだ！　悔しかったら殴り返してみろ！」

と、男は挑発した。

「――いいか」

滝田は、顎《あご》をちょっとさすって、

「あんた、誤解してるぜ」

「何をだ？」

「ボクサーは素人《しろうと》を殴らないと思ってるだろう。もし殴って死なせたら、この拳は凶器だけど、手加減して殴る分にゃ、どうってことないんだ」

と言ったとたん、滝田の拳がヒョイと軽く相手の顎に当たった。

男は仰向けに引っくり返った。

「ちょっと！　やめて下さい」

エリカが割って入った。

「こいつの知り合いかい？」

「違います。でも、取り返しのつかないことになる前に――」

殴られた男が起き上がってくると、

「こんなもんか！　プロのくせに、ちっとも効かないぜ」

と、また滝田へ殴りかかろうとする。

「いい加減にして！」

エリカは肘《ひじ》で男の脇腹を一撃した。

「いてて……」

男は腹を押さえて尻もちをついた。

滝田は笑って、

「面白い娘さんだね。——ま、これでやめとこう」

「お手数かけて」

エリカは頭を下げた。


居酒屋を出て、エリカは、みどりや千代子が二次会へ行こうと誘うのを、

「ごめん。今夜はちょっと用があるの」

と断って別れた。

エリカはそのまま居酒屋の前で待っていたが、少しして、あの滝田に絡《から》んだ男が出てくると、少し離れて後を尾《つ》けた。

気になることがあったのだ。

そして、そのエリカの直感は的中した。

男は、地下鉄を乗り継いで、エリカが行こうとしていた場所——あの辻口悟《つじぐちさとる》が入院している病院へと入っていったのである。

受付窓口で、男は、

「辻口悟というんですが……」

と、病室を訊《き》いていた。

エリカは、辻口の病室まで、その男についていった。

「——失礼」

と、男は病室から出てきた三好文江《みよしふみえ》を呼び止めて、

「辻口君の……」

「はあ……。どなたでしょうか」

「やっぱり。辻口の古い友人で、東《あずま》といいます。あなたの写真を見せてもらったことがあって」

「まあ、そうですか。三好文江と申します」

「そうだ。文江さんといいましたね。——辻口は？」

「起きています。マラソンで倒れて——」

「TVで見ました。それでびっくりしましてね」

「まあ、わざわざ」

「しかし、辻口も無茶だな。あんなに走ったことなんかないのに」

「私もそれが気がかりで」

と、文江は少し声を小さくして、

「あの人がどうしてあんなことをしたのか、お心当たりはありません？」

「さて……。長い付き合いですが、この一、二年はあまり会っていなくて」

東は、ちょっと眉をひそめて、

「僕が訊いてみましょう」

「よろしくお願いします」

と、文江はていねいに頭を下げ、

「今、ポットのお湯を入れかえに行くところなので。お茶でもいれますから」

「どうぞお構いなく」

文江が給湯室へ行くと、東は病室の中へ入っていった。

エリカも、少し遅れて病室へ入った。

六人部屋で、両側にベッドが三つずつ並んでいる。

エリカは空いたベッドのそばの椅子にかけて、耳を澄ました。

「──辻口。──起きてるか」

「東か」

「ああ。――TVで見てた。びっくりしたぞ！」

「すまん」

と、辻口は言った。

「謝ることはない。気持ちは分かる。俺たち三人は同じ運命だ」

「東、お前も……」

と、辻口が口ごもった。

「うん。――相変わらずだ。辻口、お前はどうなったんだ？　そのために走ったんだろう？」

「ああ」

「それで――どうだった？」

東の問いには、言葉がなかった。東がため息をついて、

「そうか、やっぱりな」

少しの間、二人は黙っていた。

「なあ、辻口。――何か他に方法があるんじゃないかな」

「他に？」

「うん。あのじいさんは気の毒だった。だけど、もうあれから十七年もたってるんだぞ。これだけ苦しめば、充分じゃないか」

「そりゃ、俺たちはそう思ってるさ。しかし、向こうがまだ気がすまないのさ」

と、辻口は言って、

「おい、そういえば佐々木《ささき》は？　どうしてるか知ってるか」

と訊いた。

「佐々木か……。どうしてるのかな」

「何だか気になってな」

「——おい、辻口。あの女性、三好文江さんか。あの人には話すのか？」

「話せるもんか」

「しかし、結婚するんだろう？」

「——そのつもりだ。しかし、分かりゃしないさ。寝たふりぐらいはできる」

「それを一生続けていくのか」

「仕方ないじゃないか！」

辻口は苛々《いらいら》と、

「俺だって、好きで続けたいわけじゃない！」

「しっ」

――三好文江が戻ってきたのだ。

文江が東にお茶をいれて、三人は当たりさわりのない話を始めた。

エリカはそっとその場を離れ、病室を出たのだった。

第三の男

「やはりそういうことだったか」

と、クロロックは肯《うなず》いた。

「分かってたの？」

「というより、苦しみが伝わってきた。眠れない辛《つら》さは想像以上のものだろう」

クロロックは難しい顔で肯いて、

「ほれ、虎《とら》ちゃん！　オモチャはこっちだ」

——可愛い我が子を遊ばせながら、

「もう一人いるってことだな」

「佐々木《ささき》といったわ」

「三人の男が、揃《そろ》いも揃って……。どんな事情だったか、訊《き》いてみたいものだな」

と、クロロックは言った。

「その話だと、ああして無茶なマラソンに挑んだのも、プロのボクサーに殴られようとしてケンカを売ったのも、『気絶して眠りたい』からだったのね」

「佐々木という三人目は何を企《たくら》んでいるのか……」

クロロックは、深刻な表情で呟《つぶや》いたが――。

「あなた!」

と、隣の部屋から、涼子《りょうこ》の声が飛んできた。

「虎ちゃんと遊んであげてよ! 私、生協に出す注文書を書いてるの!」

「はいはい」

と、クロロックは、虎ちゃんの後を追って駆けて行く。

何しろ涼子は妻といってもエリカより一つ年下。クロロックにしてみれば、「目に入れても痛くない」ほど可愛い。

涼子と虎ちゃんに振り回されながら、結構楽しそうにしているクロロックを見ていると、エリカとしては文句も言えなくなる。

正直、「吸血鬼の誇りはどこに?」と言いたくなることもあるのだが、あのドラ

キュラだって、もし年下の妻を持っていたら、ヴァン・ヘルシンク教授に滅ぼされる前に、仲良くなって、お互い、

「女房の方が吸血鬼よりよっぽど怖いよな」

「そうだ、そうだ」

などと酔って意気投合していたかもしれない……。

「——ああ、やれやれ」

クロロックが虎ちゃんを抱っこして戻ってきた。

どうやら眠かったとみえて、抱っこされるとすぐにスヤスヤ眠ってしまう。

「平和な眠りだ」

と、クロロックは言った。

「その男たちは、もう十七年も眠りを奪われているというのだろう？　不幸なことだ」

エリカは肯いて、

「その佐々木っていう、もう一人を捜してみる？」

「そうだな。——辻口《つじぐち》と……」

「東《あずま》っていったよ」

「その二人にしても、何をしてもだめだとなったら、何をするか……」

「もしかして——飛び下りて……」

「その危険もある。しかし、もう一つ……」

「なに？」

「原因になったことと、同じことを、、、くり返す可能性もある」

と、クロロックは言った。


あいつの所がいい。

その中年のホームレスの男は、さっきから同じ通りを行ったり戻ったりしていた。

ほんの百メートル足らずの間に、ズラッとお弁当を売るスタンドが並んでいる。

少し先に野球場があって、今夜はナイターがあるので、その客目当てに、沢山の業者がお弁当を売りに出ているのである。

地下鉄の駅の出口から、人々がゾロゾロと出てくる。

ホームレスといっても、そうおかしくない格好をしているので、人ごみに紛《まぎ》れて歩いていれば、まず怪《あや》しまれることはない。

どのスタンドが狙い目か、男の目は探っていた。

そして、「ここ」と目をつけたのは、学生のバイトが一人で売っているスタンドだった。

慣れていないらしく、つり銭を渡すときに間違えて、文句を言われている。

男は、そのスタンドに客が何人か固まるのを待っていた。

——待っていると、なかなかチャンスは来ないものだ。

少し苛々《いらいら》して、「他にしようか」と思い始めたとき、家族連れらしい四人が、そのスタンド前で足を止めた。

「私、これ」

「僕、こっち」

大して種類のないお弁当を、子供たちは覗《のぞ》き込んで見ている。

支払うときになって、客が一万円札を出したので、バイトの学生は、

「あの——ちょっとお待ち下さい」

と、あわてている。

今だ！

男は、当たり前の足どりでそのスタンドの方へ歩み寄ると、手近な弁当を一つ、ヒョイと手に取って、そのまま足早に歩き出した。

「あの人、お弁当、盗んだ！」

と子供が叫んだ。

「おい！　待てよ！」

学生が怒鳴った。

男は駆け出した。

人ごみの中へ紛れ込んでしまえば……。

――しばらく夢中で走って、息が切れた。

振り向いたが、追ってくる気配はない。

やれやれ……。

「弁当一つぐらい、どうってことないじゃねえか！　ケチるな」

勝手な言い分と知りつつ、そう悪態をつく。

人通りのなくなった公園。――ベンチに腰をおろして、男は弁当を開けた。

何といっても、ご飯がまだ温かい。

割りばしを割って、早速食べ始めた。

味はそこそこ。――フライものが多くて、少しくどい。

「お茶がほしいとこだな……」

と、一人ごとを言うと、

「飲むかい？」

と、ペットボトルのお茶を差し出されてびっくりした。

「どうも……」

「飲みかけだけど、もういらないから」

「そうですか。じゃ、いただきます」

と、早速一口飲んでホッとする。

「野球ですか？」

「いや、違うよ」

「今夜は満員だろうね。何しろあのチームのファンは熱心だし……」

「ゆっくり食べな」

「ええ、どうも」

ホームレスの男は、相手がどうしてベンチの後ろへ回ったのか、深く考えなかった。

突然、細い紐《ひも》が男の首に巻きついて、ぐいと引き絞られた。

プレーボールの音楽が夜空に響いた。

真っ赤なスポーツカーが、店の前に横づけになった。

オープンテラスのカフェ。

細身のスタイルに革のブルゾンとパンツという、目立つ服装。

「あの人――デザイナーの佐々木初《はじめ》だわ」

と、気づいた女性客の声がする。

当人にも聞こえているのだが、わざと聞かないふりをして、

「東という客が……」

と、ボーイに訊く。

「奥のテーブルです」

「ありがとう」

店の中のテーブルで、二人の男が待っていた。

「やあ、久しぶりだな」

佐々木は二人の肩をポンと叩いた。

辻口と東は顔を見合わせた。

「――いいお天気なのに、どうしてテラスで飲まないんだ？　日に当たるといい気分だぜ」

と、佐々木は言った。

「日差しがまぶしいんだ」

と、辻口は言って、

「お前――ファッションデザイナーだって？　知らなかったよ」

「この一年くらい、結構目立ってるんだぜ」

佐々木はハーブティーを頼むと、

「ところで、どうしてるんだ？　辻口、お前、太ったな」

「ああ」

「東も——何だか髪が白くなってないか？」

「これでも黒く染めてるんだ」

「へえ。——苦労してるんだな」

「佐々木、お前……」

と、辻口が言いかけると、佐々木は金の腕時計を見て、

「十五分しかいられないんだ。何か用事だったんだろ？」

「ああ」

と、辻口は肯いて、

「お前、眠れてるのか」

「何だって？」

「俺と東は、あれからずっと眠れずにいる。お前は……」

「その話か」

佐々木は笑って、

「寝不足の顔に見えるかい？」

「じゃ、お前は眠れるのか。——どうしたら眠れるんだ？」

と、辻口が身をのり出す。

「おい、よせよ。仕事さ。充実した仕事で飛び回って疲れりゃ、自然に眠くなる。気にやんでるから、眠れないんだ」

佐々木はアッサリと言って、

「でなきゃ、女だな。俺はともかく女に不自由しないから、いつもクタクタになって、女の腕の中でぐっすり眠ってるよ」

と付け加えて笑った。

十五分しかいられない、と佐々木は言ったが、そのうち十分はケータイへかかる電話の相手で消え、結局、ハーブティーも一口飲んだだけで、

「じゃ、悪いけど時間がないんで、失礼するぜ」

と、さっさと席を立って行ってしまった。

残った辻口と東の二人は、しばし無言だったが……。

「昔から、癇《かん》にさわる奴だった」

と、東が言った。

「そうだな。しかし、あの元気な様子、たっぷり眠ってるのは本当だろう」

「じゃ、俺たちは？」

「そうだな……。結局、俺たちは負け犬なのか」

するど、佐々木の座っていた椅子に、若い女の子が座った。

「——お邪魔します」

「何だね？」

「できれば、ちょっと父と会っていただきたいんですが」

と、エリカは言った。

涙の日

「この会議室、ずっと〈使用中〉ね」

と、女子社員がふしぎそうに言った。

「あら、エリカさん。ここを使ってるの？」

「ええ、ちょっと」

と、エリカはごまかして、

「父に頼まれて、封筒の宛名書きのバイトをしてるの」

「まあ、社長に？　それなら私がやるのに」

「いえ、いいの。私も、バイト料がほしかったんで、ちょうどいいのよ」

エリカは、その女子社員が行ってしまうとホッとして、そっと会議室のドアを開けて、中を覗《のぞ》いた。

ここはクロロックが社長をつとめる〈クロロック商会〉。

「――どうだ?」

と、クロロックが廊下をやってきた。

「まだ眠ってる! ゆうべから……もう十八時間だよ」

と、エリカは腕時計を見て、

「生きてるのかしら?」

「大丈夫だ。ちゃんと寝息が聞こえておる」

と、クロロックは言って、

「――呼吸が少し乱れたな。そろそろ目を覚ますぞ」

「じゃあ……」

「中へ入ろう」

空いた会議室のテーブルには、毛布を敷いた上に、辻口《つじぐち》と東《あずま》の二人がぐっすりと眠り込んでいる。

クロロックの鋭い耳が聞き取った通り、二、三分すると、二人は寝返りを打ち、何度か深く呼吸してから、目を開けた。

「――どうしたんだ？」

辻口が起き上がって、

「おい、東……」

「ああ……。何だ、起こすなよ」

東は大欠伸《おおあくび》をしたが――。

二人は顔を見合わせると、

「おい！」

「い、い、眠ってたのか？　俺は眠ってたのか？」

と、同時に叫んだ。

クロロックが肯《うなず》いて、

「おはよう。どうだな、寝起きの気分は？」

と言った。

「あなたは……クロロックさん、でしたか」

と、辻口が言った。

「さよう。娘のエリカが、お二人をここへ連れてきた」

「眠れっこないと我々は言って……」

「私は、二人に催眠術をかけた。かなり抵抗があったが、何とか効いて、二人は十八時間も眠っていたのだ」

「十八時間！」

と、二人は一緒に言った。

「しかし、君たちは十七年間も眠れなかったというからな。それくらいは眠って当然だろう」

すると、二人とも急に大粒の涙を流し始めた。

「ああ……。辻口！　本当に眠ったんだ！　俺たち、本当に眠ったんだな！」

「そうだ。こんなにすばらしい気分だったのか、思い切り眠った後というのは！」

二人は手を取り合って泣いた（作者も思い切り眠りたい……）。

――やっと涙を拭《ぬぐ》って、

「何とお礼を申し上げていいか……」

と、辻口は言った。

「いや、ことは解決しておらん。君たちにかけられた呪いは、まだ解けたわけではない」

「何とか救っていただけますか」

「なぜ、そんなはめに陥《おちい》ったか、正直に話してくれ」

二人は少し考えていたが、

「――分かりました」

と、辻口が言った。

「もとはといえば、我々の罪なのです。思い出すのも辛《つら》い」

「話してくれ」

辻口は東の方へ、

「いいな？」

と、念を押した。

「ああ。話してくれ」

「分かった。――クロロックさん。私どもが中学三年生のときのことです……」

辻口は、塾の帰り、ベンチで居眠りしていたホームレスの年寄りを、面白半分で縛り上げ、告げ口されるのを恐れて池へ突き落としたいきさつを告白した。

エリカは眉をひそめ、

「ひどいことを……」

「いや、全くです。弁解の余地はありません」

辻口は頭《こうべ》を垂れた。

「あのころの私たちの心は渇《かわ》き切っていました。人間らしいやさしさも、悲しみもどこかへ忘れてきたようでした」

「そのときは、悪いことをしたとは思わなかったのだな」

「ええ、少しも。——あんな役にも立たない老人一人、殺してもいい、くらいに思っていたのです」

「まさか、あの呪いが本物だったなんて」

と、東が言った。

「その夜も、次の夜も一睡もできませんでしたが、そんなこともあるだろう、と気楽に考えていました」

と、辻口が続けて、

「しかし、三人で会ったとき、初めて三人とも、眠れなくなったと知ったのです」

「それ以来、十七年か」

「ええ……。辛くて、何度死のうとしたか知れません。眠れないといっても、眠気はさしてくるのです。ところが、スッと眠りに引き込まれる直前、ハッと目が覚めて……」

辻口は涙を拭って、

「疲れ切っても、フラフラになるまで働いても、眠りは訪れてこない。――苦しく、辛く、毎日、夜が来るのが地獄でした」

辻口は頭を下げ、

「ありがとうございました！　この先――あの老人の呪いから逃れられるんでしょうか」

クロロックは顎《あご》をなでて、

「それには、もう一人が鍵だな」

「もう一人――というと、佐々木《ささき》のことですか」

「そうだ」

「しかし、彼はちゃんと眠れるようです」

「あれは強がりですよ」

と、エリカが言った。

「目の下にくまができているのを、うまく隠していました」

辻口と東は顔を見合わせた。

「――確かに、その佐々木という男は、君らより眠っているのだろう。しかし、その方法が問題だ」

と、クロロックは言った。

「どういう方法ですか？」

と、辻口が身をのり出して訊《き》いた。


「おい」

と、揺さぶられて、ベンチで居眠りしていた年老いたホームレスはうるさそうに、

「誰だ……。邪魔するな」

と、手を振った。

その手にカシャッと手錠がかけられた。

「おい！　――何するんだよ！」

と、老人が起き上がる。

「俺が何をしたっていうんだ？」

「目ざわりなのさ」

と、男は老人の両手を背中へ回させて、手錠でつないだ。

「お前――刑事じゃないな！」

「誰が刑事だと言った？」

と、男は笑った。

「何するんだ！　よせ！」

男は老人を引っ立てていくと、池に向かって突き飛ばした。

老人の体が、水しぶきを上げて落ちる。

「――助けてくれ！　――誰か！」

老人は必死に顔を出して叫んだ。

「うるさい！」

男は、手近にあった石をつかんで、老人に投げつけようとした。

「よせ、佐々木！」

と、声がした。

ハッと振り向くと——辻口と東が立っていた。

辻口が池へと飛び込み、沈みかけていた老人を何とか引っ張り上げた。

東が老人を地面へ引き上げる。

「助け出すんだ」

「——佐々木。同じ場所で、同じことをくり返すのか」

びしょ濡れになった辻口が水から上がってきた。

「放っといてくれ！」

佐々木は声を震わせた。

「俺はこうしないと眠れないんだ！」

「愚かなことだ」

夜の闇から、黒いマントのクロロックが現れる。

「——誰だ？　ずいぶんセンスの悪いファッションだな」

「歴史があるのでな、吸血鬼としての」

「何だと？」

「眠りのために、罪のない年寄りを何人殺した？」

佐々木が青ざめた。

「俺だって苦しんだ。しかし、どうしても眠れなかったんだ」

「で、この場所へやってきて、同じように居眠りしている老人を見たのか」

「どうして分かるんだ？」

「それくらいのことはお見通しだ。腹が立って、その老人を殺した。すると、ふしぎに眠れたのだろう」

佐々木は目を伏せた。

「――何てことをしたんだ」

と、辻口が言った。

エリカが、老人の手錠を外してやると、老人はあわてて逃げていった。

「お父さん。この池を調べた方がいいわ」

「うむ……。ここ以外でも殺していよう。血の匂《にお》いがする」

クロロックは首を振って、

「分かっていなかったな。それはお前を捕らえる罠《わな》だったのだ」

「罠？」

「十七年前に溺死させた老人は、不死の命を求める呪われた者だった。――奴には分かっていた。三人のうちの誰かは、必ず犯行をくり返すと」

「じゃ、その都度、呪いを解いて、この人を眠らせたの？」

「それをくり返すうち、やがてもっと恐ろしい罪を犯すようになる。それが奴の狙いだったのだ」

突然、池の水が波立ったと思うと、水の中から老人の姿が現れた。

「待て！」

クロロックが鋭く呼びかけると、その老人は宙に浮かんだままピタリと止まった。

「この人間は人間の法で裁く。お前は別の世界へ行け」

クロロックの言葉を、その老人は歪《ゆが》んだ笑いであしらうと、

「地獄へ引きずり込んでやる！」

と、佐々木へ向かって襲いかかった。

「待ってくれ！」

辻口が地面に手をついた。

「責めるなら、我々みんなを責めてくれ！　あんたにひどいことをした。——殺すなら殺してくれ」

老人の姿は、その言葉を聞くと、呻《うめ》き声を上げて、闇の中へと消えていった。

「——どうしたんです？」

と、辻口がキョトンとしている。

「奴にとって、友人のために命を投げ出すことくらい恐ろしいものはないのだ」

と、クロロックは言った。

「今のひと言が、呪いを解いた」

辻口がベタッと座り込んだ。

——佐々木はよろけるように、

「俺は……とんでもないことを……」

「佐々木——」

「辻口。東。——許してくれ」

佐々木は駆け出していった。

「お父さん……」

「自分で始末をつけるだろう。──放っておくしかない」

車の音がして、やがて遠くで激しい爆発音が聞こえた。

「──我々で、ここにあの老人の慰霊の碑を建てます」

と、辻口が言った。

「そして、ホームレスの人たちを救うボランティア活動をします」

「それがいい。罪の償《つぐな》いには時間がかかろうが、代わりに安らぎと眠りが手に入る」

「それこそ宝です」

と、辻口は言った。

「どんな宝石より、快《こころよ》い眠りの方が何十倍もすばらしい！」

「もう一つ」

と、エリカが言った。

「三好文江《みよしふみえ》さんのことも忘れないで」

「そうだった！」

辻口は急いで連絡しようとケータイを取り出したが、

「いけね。池に飛び込んだんだ」

ケータイから水が滴《したた》り落ちていた。

解説

郷《ごう》原《はら》宏《ひろし》

経済協力開発機構（ＯＥＣＤ）が世界七十九か国（地域）の十五歳約六十万人を対象に二〇一八年に実施した「国際学習力到達度調査」によると、日本の高校一年生の読解力は十五位で、前回の八位から大きく順位を下げたそうです。二〇一九年十二月に公表されたこの調査結果を見てショックを受けたのは、たぶん私だけではないでしょう。

天然資源に乏しい小さな島国の日本が世界でも有数の経済大国になったのは、ひとくちにいえば国民の学習能力が高かったからです。明治維新のころから欧米の先進国に追いつき追い越せでやってきて、とうとう本当に追い越してしまった。それは要するに文明や文化に対する日本人の読解力がすぐれていたからです。ところが、その読解力が次第に低下して過去最低を記録したというのですから、これはもうがっかりするだけではすまされません。

この調査結果について、文部科学省の担当者は「子供たちの言語環境が急激に変化し、読書などで長文に触れる機会が減ったためだろう」と説明しています。わかりやすくいえば、スマートフォンが普及して子供たちが本を読まなくなったからだというのです。スマートフォンによるコミュニケーションでは、短文や絵文字によるやりとりが中心になりますから、長い文章をきちんと読み、わかりやすい文章を書く能力が育たないのは当然のことです。

では、どうすればいいのでしょうか？　答えはいたって簡単です。子供たちにもっと本を読ませればいいのです。本にもいろいろありますが、やはり小説が一番いいでしょう。

昔、菊池寛《きくちかん》という作家が「文芸は実人生の地理歴史である」といいました。ここにいう文芸とは小説のことです。小説には人々が苦労して身につけた経験や知識がぎっしりと詰まっている。だから小説さえ読んでいれば実人生で道に迷うことはないというのです。この「実人生の地理歴史」が読解力向上の決め手であることはいうまでもありません。

ただし、小説なら何でもいいというわけではありません。まず第一に、それはおもしろくなければならない。子供たちにスマホを閉じて本のページを開かせるためには、少なくともそこにラインやチャット以上におもしろい物語がなければなりません。第二に、それは美しく正確な日本語で書かれていなければならない。日本語として美しくなければ、そもそもお手本にはならないからです。第三に、それは明快でわかりやすい文章で書かれていなければならない。わかりやすくなければ、本を読み慣れない子供たちはお話のなかに入っていけないし、たとえ入ったとしても長続きしないからです。

では、そんなお誂《あつら》え向きのテキストがいったいどこにあるのだと問われれば、私は自信をもってこう答えることができます。「それは赤川次郎《あかがわじろう》氏の小説である。赤川氏の小説こそは、おもしろくて美しくてわかりやすい、理想的な読解力の教科書である」と。

そういうわけで、私は二十年ほど前から折にふれて「赤川作品を中学と高校の国語教科書に載せるべきだ」と提唱しつづけているのですが、なかなか聞き入れてもらえません。教科書検定の専門家に聞いてみると、芥川龍之介《あくたがわりゅうのすけ》、中島敦《なかじまあつし》、太宰治《だざいおさむ》のような「純文学」と違って、赤川氏のような「エンターテインメント」作家の作品は最初から候補に上らないというのです。「では、純文学とエンターテインメントの区別は、どこで誰が決めるのですか」と聞くと、その人は黙って首を振るばかりでした。

私見によれば、文学にはもともと「純文学」と「エンターテインメント」の区別はありません。あるのはただ「おもしろい作品」と「つまらない作品」の区別だけです。そしてそれを決めるのは、いうまでもなく読者の読解力です。その読解力を養うには、おもしろい作品をたくさん読むしかありません。だから赤川作品をたくさん読みましょうというのが、私の一貫した主張なのです。わかりやすいでしょう？

さて、それはともかく、『私の彼氏は吸血鬼』です。最初に少し書誌学的なおさらいをしておきましょう。この作品は「吸血鬼」シリーズの第二十二弾として、二〇〇四年七月に集英社コバルト文庫から刊行されました。赤川氏のオリジナル著作としては四百五十八冊目の本です。

このシリーズは、一九八一年十二月刊の第一弾『吸血鬼はお年ごろ』（集英社コバルト文庫）から二〇一九年七月刊の第三十七弾『吸血鬼に鐘は鳴る』（集英社オレンジ文庫）まで、ほぼ一年に一冊のペースで刊行されてきました。その間にヒロインの神代《かみしろ》エリカは高校生から大学生になっただけですが、読者の上には四十年近い歳月が流れました。私の知り合いに、祖母、母、娘の三代にわたる「吸血鬼」ファンがいます。その長期シリーズが今度は新装版のシリーズとして順次、集英社文庫に入ることになりました。四代目の「吸血鬼」ファンが誕生するのも、そう先のことではないでしょう。

本書『私の彼氏は吸血鬼』には、二〇〇三年から二〇〇四年にかけて「Cobalt」誌に掲載された三つの作品が収録されています。「私の彼は左利《き》き」という歌の文句には驚きませんが、「私の彼氏は吸血鬼」といわれれば、大抵の人はドキッとして「えっ、どういうこと？」と聞き返したくなるでしょう。このように題名からして斬新で読者の意表をつくのが赤川作品の特長のひとつです。

最初の作品「マドモアゼルと吸血鬼」は、山間《やまあい》の小さな町を襲う洪水の場面から幕が開きます。語り手の視線の中心にいる人物のことを、物語論《ナラトロジー》の用語で「視点人物」といいますが、この章の視点人物は君原竜男《きみはらたつお》です。彼は洪水で流されそうになったところを町立診療所の女医・須川沙代《すがわさよ》に助けられます。この女性がすなわち「マドモアゼル」なのですが、ここで彼女はまだ「親切な美人ドクター」という以上の情報は与えられていません。情報といえば、君原の職業も、この時点ではまだ不明です。

このように作者が重要な情報をわざと隠しておくことを、物語論では「言い落とし《レティサンス》」といいますが、この作品では特に言い落としの技法が抜群の効果をあげています。そのことに注意しながら読み進めると、お話はさらにおもしろくなります。

第二章「再会」ではいきなり場面が変わって、クロロック一家とエリカの友達を乗せたマイクロバスが山奥の温泉場に向かうシーンに切り替わります。この章の視点人物はエリカで、運転手の君原は脇役に後退します。この作品に限りませんが、赤川作品の場面転換はいつも鮮やかで、さながら包丁で大根を輪切りにするような爽快感があります。それが明快で切れ味のいい文章によってもたらされたものであることは、改めていうまでもありません。

このバス旅行の途中で、あわやという落石事故が起こります。そしてホテルに到着した君原がマドモアゼルと再会して物語はいよいよ山場を迎えるのですが、ここから先は読んでのお楽しみ、ミステリー読者としての読解力が試される場面です。

表題作の「私の彼氏は吸血鬼」は、このシリーズの原点ともいうべき学園を舞台にしたホラー・ミステリーです。視点人物の岡野栄江《おかのさかえ》は十七歳の高校二年生。彼氏の沢井清士《さわいきよし》に「叔父の急死」を理由にデートをすっぽかされますが、清士は実は他校の北川充子《きたがわみつこ》と水族館でデートしていました。そこへいきなり栄江が現れて、あわてふためく清士。その場をなんとか切り抜けて帰宅すると、叔父さんがほんとうに死んでいたというのが奇怪な事件のはじまりです。

第二章では商社を経営するフォン・クロロックが女子高校生のインタビューを受けますが、彼女たちが帰ったあと、トイレの鏡に吸血鬼の故郷トランシルヴァニアの古い文字で「我は復讐のためによみがえれり」と書かれていました。これはなんとも恐ろしい殺人予告ですが、それとは別に正統派吸血鬼のクロロックが若妻の涼子《りようこ》に対してまったく頭の上がらない恐妻家であることが暴露されるのも、この章の見逃せない読みどころのひとつです。

第三章に入ると、いよいよ都心の公園を舞台に復讐劇の幕が開きます。ここからは視点人物が目まぐるしく交代し、物語も次第に急迫の度を加えていきますので、そこを読み慣れない人はついていくのが難しくなるかもしれません。しかし、そこをなんとか我慢して通り抜けると、一挙に視界が開けて、ついに読み終えたぞという満足感がやってきます。そのときあなたは自分の読解力の向上をしみじみと実感することになるでしょう。

第三話「吸血鬼と眠りを殺した男」は、三人の少年が退屈しのぎに老人を殺すというショッキングな場面から始まります。彼らは受験勉強のため睡眠不足に悩まされているのに、老人が公園のベンチで気持ちよさそうに眠っているのが許せなかったのです。

第二章では、フルマラソンに出場したサラリーマンがエリカたちの見ている前で倒れて救急搬送され、第三章では居酒屋でボクサーにからんだ男がノックアウトされます。このように一見無関係な話の流れがやがて一本にまとまって、背後に隠された恐ろしい真相が浮かび上がってきます。フランスのシュルレアリスム詩人ロートレアモンに「ミシンとこうもり傘が手術台の上で出会う」という有名な一節がありますが、ここにはまさしく、この「手術台上の出会い」のように新鮮な驚きがあります。ひるがえって考えてみれば、正統派吸血鬼の一家が現代の日本で暮らしているということ自体が、まさにシュールな出来事なんですね。そんなシュールな物語を、まるで世間話のようにさりげなく語り聞かせてしまう赤川次郎という作家は、ほんとうに私たちとおなじ人間なのでしょうか？

（ごうはら・ひろし　文芸評論家）

この作品は二〇〇四年七月、集英社コバルト文庫より刊行されました。

集英社文庫

私《わたし》の彼氏《かれし》は吸血鬼《きゅうけつき》

2020年2月25日　第1刷　　定価はカバーに表示してあります。

著　者　赤川次郎《あかがわじろう》
発行者　徳永　真
発行所　株式会社 集英社
東京都千代田区一ツ橋2-5-10　〒101-8050
電話　【編集部】03-3230-6095
【読者係】03-3230-6080
【販売部】03-3230-6393(書店専用)
印　刷　大日本印刷株式会社
製　本　大日本印刷株式会社

フォーマットデザイン　アリヤマデザインストア　　マークデザイン　居山浩二

ISBN978-4-08-744080-5 C0193